제15회
소월시문학상 작품집

문학사상사

제15회 소월시문학상 대상 수상작 선정 이유서

　문학사상사가 주관하는 제15회 소월시문학상 대상 수상작으로 시인 김혜순 씨의 〈잘 익은 사과〉 외 6편을 선정한다.

　김혜순 시인은 섬세한 언어적인 감성을 바탕으로 시적 긴장과 서정적 기품을 동시에 살려내는 많은 작품을 발표하여 왔다. 이것은 시적 감각과 사물을 보는 통찰력의 깊이에서 비롯된 것이다.

　이번 소월시문학상의 대상 수상작들은 시적 기법의 탁월함과 함께 시세계의 원숙함을 보여 주는 높은 시적 성취를 이루어내고 있다.

　소월시문학상 선고위원회는 이같은 시인의 노력을 높이 평가하여 소월시문학상 대상의 영예를 드린다.

2000년 4월 17일

소월시문학상 선고위원회

이어령 · 김용직 · 송수권 · 김승희 · 권영민

깊은 통찰력에서 비롯된 시적 심상

이 어 령 (문학평론가 · 이화여대 석좌교수)

이번 소월시문학상 심사 과정에서 내가 먼저 주목한 것은 유하 시인의 작품들이다.

유하 시인의 경우 우선 그 예리한 시적 감수성이 관심사가 된다. 패러디의 기법을 다양하게 활용하고 있는 이 시인의 작품들은 난해하지 않다. 시인만이 발견하고 있는 사물의 의미가 구체적인 형상성을 획득하고 있기 때문이다. 그러나 언어적 실험이 드러내는 정서적 불균형이 설익어 보이는 경우도 있다.

김혜순 씨의 〈잘 익은 사과〉를 비롯한 스무 편 남짓한 작품들을 보면서 이미 완숙의 경지에 이르고 있는 시의 세계를 만나게 되어 무척 기쁘다. 김혜순 시인은 언어적인 기법이 남다른 바 있다. 평범한 것처럼 보이는 사물의 현상을 놓고 연상의 과정을 따라 특이한 이미지를 포착해 내는 그 기법은 누구도 흉내내기 어렵다. 물론 기교가 승(勝)하다는 것이 반드시 좋은 시를 만드는 요건이 되지는 않지만, 시 정신의 긴장을 놓치지 않고 있는 김 시인의 노력이 오랜 기간 동안 지속되어 왔다는 것은 높이 평가할 만하다. 김혜순 시인이 만들어 내는 시적 심상들은 낯설지 않으면서도 신선한 충격을 준다. 이것은 언어를 다루는 솜씨와 연관되지만, 근본적으로 사물을 보는 시인의 깊은 통찰력에서 비롯되는 것이다. 제15회 소월시문학상의 대상 수상작으로 김혜순 씨의 〈잘 익은 사과〉 외 여러 작품을 지목한 것은 시적 완결성에 있어서 이 시인이 보여 주는 원숙함을 높이 평가하였기 때문이다.

김혜순 시인에게 다시 한 번 축하를 보낸다.

소월과 소월 이상(以上)의 차원

김 용 직(문학평론가 · 서울대 명예교수)

　시, 특히 현대시는 포괄성을 생명으로 삼는다. 본래 현대시론의 뼈대가 되는 것이 이질적 요소의 문맥화다. 현대시론에서 '히야신스와 비스켓의 종합(綜合)'이라는 정의가 생긴 연유가 여기에 있다. 수선화와 양밀떡을 종합해 내는 시의 기법 명칭은 무엇인가. 우리는 그것을 배제적인 것이 아닌 포괄성이라고 말한다.

　한편 포괄성의 미학을 극대화하기 위해서 반드시 거쳐야 할 관문이 있다. 우리 시의 현단계에서 그 한 끝은 이 시대 문명과 문화의 첨단 감각을 갖는 쪽에 놓인다. 그리고 다른 축을 이루는 것이 시의 본질적 감각을 넉넉하게 살리는 일이다.

　돌이켜 보면 김소월은 후자에서 다소간 소략(疏略) 했다. 그가 산 시대는 다다와 초현실주의 미학이 수용된 때다. 이미지즘도 모습을 드러냈을 무렵이다. 소월은 그들에 맹목인 것은 아니었다. 그러나 그는 실험주의의 다른 이름인 서구의 현대미학 수용에는 비교적 소극적인 시인이었다.

소월의 시각이 오늘 우리에게 민족문학의 본론인 것은 사실이다. 그러나 그의 틈새는 틈새로 인식되어야 한다. 그 틈새 가운데 하나가 이질적 요소의 극대화와 그들을 포괄하려는 시도가 넉넉하게 드러나지 않는 점이다.

이번 소월시문학상의 후보작으로 오른 여러 시인의 작품들 가운데서 김혜순의 시는 이런 관점으로 보아 가장 절실한 것들로 생각되었다. 이 시인도 잘 알고 있겠지만 시의 길은 멀고 험하다. 이 시인이 그런 시의 길을 끈질기게, 그리고 성공적으로 걸어가기를 바란다. 우리 시와 문학의 한 경관이 되기를 빌어 마지않는다.

극기(克己)의 내면 풍경

송 수 권(시인 · 순천대 교수)

김혜순이 펼쳐 보이는 상상력은 내면의 극기와 풍경으로 이루어진다는 점에서 가장 개성 있는 시인임을 재확인하였다.

지적(知的) 에너지의 발산력은 지금까지 지켜본 바에 의하면 타의 추종을 불허한다. 특히 심리적 충격요법인 투사와 반동 형성이 현대시의 한 기법인 점에서 그의 시세계는 외상(外傷)과 내상(內傷)이 한 이미지군의 구성으로 정신적 틀을 형성하고 있다. '노래의 체계에서 비평의 체계로……'라는 현대시의 쟁점에서 본다면 그의 시는 모범답안이라는 확신이 들어 서슴없이 수상작으로 밀었다.

심사과정에서 논의된 열세 명 시인 거개가 일가를 이룰 만한 시세계와 정신을 지녔고, 또 거기에 합당한 문학상도 받았다는 점에서 소월적인 가락 있는 시인을 찾고자 수상 이후의 작품들을 검토해 보았으나 썩 마음이 내키지 않았음도 고백한다.

고재종의 〈날랜 사랑〉〈그 희고 둥근 세계〉 이후 부담없이 읽히는 작품들에서는 다소 열도가 떨어진다는 느낌이었다.

또 새롭게 만나는 유하의 〈레만호에서 울다〉를 비롯한 여행시는 여행시라는 흠에도 불구하고, 〈자전거의 노래를 들어라 · 2〉와 〈자전거의 노래를 들어라 · 3〉은 '압구정동' 시리즈 이후 그의 시세계가 어쩔 수 없이 '곡즉전(曲卽全)' 의 이상적인 선(線)의 세계를 지향하지 않나 싶어 신선하게 보였다. 그러나 '패러디와 여행시'라는 단점이 지적되기도 했다.

나희덕의 〈첫 나무가지〉에서 보이는 '아비의 콤플렉스' 는 어디에 가서 극복되는가 싶어 찾아보았더니 '94년도판 시집 《그 말이 잎을 물들였다》의 〈못 위의 잠〉에서 그 아비는 정착하고 있어 흥미로웠다. 그의 시선 역시 따뜻한 극기의 내면 풍경을 보여 준다.

그러나 그럼에도 불구하고 나대로의 바라는 점이라면 리듬을 호흡이라는 이름으로 폄훼하고 천박한 이미지 놀음에만 급급하는 우리 시가 깨어나 '심원한 가락'을 내보이는 천부적인 그런 '가락의 시인'도 떠올라 왔으면 하는 바람이 앞선다. 당선자의 노고에 대해 거듭 축하한다. 〈또 하나의 타이타닉호〉가 침몰하듯이…….

다양한 방법론과 넘치는 상상력

김 승 희 (시인 · 서강대 교수)

예심을 통과한 열세 분의 작품을 자세히 읽어 보았다. 새 천년의 첫 소월시문학상이니만치 천년 시사(詩史)에 광채가 뻗칠 힘있고 개척적인 시인이 뽑혔으면, 하고 내심 바라면서 갔다. 내 마음속으로는 김혜순 시인을 꼽고 있었고 유하, 이문재, 남진우 시인도 생각했다. 다들 자기 특유의 시적 언어와 시세계를 이미 창조한 빛나는 이름들이지만 어떤 경우엔 자신이 이미 도달해 본 적이 있는 절정의 창조적 능선에서 조금 후퇴하고 있는 듯한 작품들이어서 아쉬움을 갖기도 했다. 항상 자기의 전위(前衛)에 서 있기란 쉬운 일이 아니라는 것을 알면서도 그만큼의 긴장과 그만큼의 활력과 그만큼의 전복적 에너지가 재능과 함께 항상 같이했으면, 하고 바랐기 때문이다.

김혜순 시인의 희귀한 특성은 자유분방한 언어와 상상력의 속도감에 있다. 그녀의 속도감각에 영향을 받아서인지 심사과정은 매우 속력 있게 진행되었다. 그녀의 텍스트들은 거의 언제나 급발진하는 자동차와 같은 돌연한 속력과 돌발적인 의외의 상상력을 가지고 출발하는데, 이번의 작품들 〈태양의 축제〉〈플러그가 빠지면〉〈메아리가 갔다가 오는 만큼, 그만큼〉도 예외는 아니었다. 그러나 나는 〈잘 익은 사과〉가 가장 매력적으로 잘 익은 작품인 것 같아 그것이 당선작이 되었으면 했다. 그녀의 시는 어떤 때는 지배 담론에 대항하는 카니발적 블랙 유머를 보여 주기도 하고 어떤 때는 온갖 초현실 비현실 현실적인 잡종들이 한 솥단지 안에 들어가 밀고 당기는 재미있는 굿거리를 만들어 내기도 하고, 또 어떤 때는 구어체로, 패러디로, 서정시로 시대 정신과 여성의 현실과 당대인들의 내면을 누구보다도 잘 형상화해 왔다. 아버지들의 상징 질서를 만드는 로고스 중심주의를 검색, 조롱, 해체하는 여성주의 시인으로서 그녀의 지칠 줄 모르는 다양한 방법론은 매우 훌륭했다고 생각한다.

수상작인 〈잘 익은 사과〉에서도 자전거를 타고 배회하는 일상적 행위가 백 마리 여치—자전거 바퀴 소리—정미소 나락들—바퀴살 아래 빻아지는 소리—입양 가는 아가의 뺨보다 더 차가운 구름—내 손등을 덮는 구름이라는 종횡무진의 배경적 상상력과 만나면서 자전거를 타고 고향마을의 골목길을 도는 행위가 커다란 우주적 사과의 껍질을 깎아내는 행위와 연관되고 그럼으로써 구멍가게 평상에 앉아 그렇게 큰 사과(고향마을의 은유)를 숟가락으로 퍼먹는 노망든 할머니는 시간보다 더 늙은 지모신(地母神)의 모습, 모든 것을 다 삼켜 버리는 궁극(窮極)의 어머니로까지 변

용되어 간다. 슬픈 어린아기의 순결에서부터 파파 할머니의 성스러운 노망에 이르기까지 사과 한 알을 중심으로 아름다운 시간과 공간의 조화를 형상화해 낸 아주 놀라운 작품으로 김혜순 시인이 만들어 낸 또 하나의 진경(珍景)이라고 하겠다.

또한 유하의 〈천일마화—The Waste Land〉에 대해서도 많은 흥미를 가지고 있었는데 엘리엇의 〈황무지〉를 패러디한 이 작품에서 나는 자본주의적 삶의 양식에 대한 제3세계 시인의 환멸과 도전의식, 탈식민주의적 시각의 힘을 볼 수 있었다. 영상 예술에 많은 것을 빼앗겨 문학에는 더 이상 개척할 서부(西部)가 없다고 생각하는 사람들이 많은데 그러나 우리 문학에는 더욱 개척해 나갈 서부가 아직 많이 남아 있다는 것을 이 시인의 작업을 통해 느끼면서, 더욱 정진을 바란다.

언어적 기법과 서정성의 깊이

권 영 민(문학평론가 · 서울대 교수)

금년도 소월시문학상에 후보작으로 추천을 받은 열세 분의 시인들의 작품을 보면서 지니게 된 느낌을 먼저 밝히는 것이 좋겠다. 무엇보다도 서정성의 깊이를 잘 살려내고 있는 작품들이 눈에 띄게 많아지고 있다는 사실이 주목된다. 시의 세계가 지켜 나가야 할 가장 기본적인 요건이 제대로 잡혀 있음을 말한다. 시성(詩性)의 근간을 마음이라고 말했던 시인도 있지 않았던가? 또 하나의 경우는 패러디의 기법이 상당한 수준으로 시의 내면 공간을 확대해 놓고 있다는 점이다. 시적 대상에 대한 인식의 공간이 그만큼 넓어졌음을 말해 주는 것이라고 하겠다.

이번 심사에서 김혜순, 고재종, 남진우 등 세 분 시인의 작품을 주목하였다. 물론 후보작으로 올라온 나희덕 씨의 시에서 볼 수 있는 절묘한 시적 긴장이나 유하 씨의 패러디적인 시적 인식 방법, 그리고 송재학 씨의 지적인 태도 등도 물론 심사 과정에서 몇 차례나 고려되었던 점이다.

고재종 시인의 왕성한 창작과 그 진솔한 감성은 언제나 가슴 설레게 하는 바가 있다. 그러나 시적 대상에 대한 인식의 태도 자체가 지나치게 정적(靜的)인 느낌을 준다. 시를 아름답게 쓴다는 것이 읽는 이에게 오히려 부담을 주기도 한다.

남진우 씨의 시에서 읽어낼 수 있는 참주제는 생태적 상상력에 근거한 생명에 대한 관심이다. 이 커다란 주제는 아직 그 감응력을 제대로 발휘하지 못하고 있지만, 아마도 이 시인이 쌓아 갈 시적 노력에 의해 새로운 의미를 부여받게 될 것이다.

김혜순 씨의 작품들은 그 이미지가 역동적이면서도 균형 잡혀 있고, 독특한 시적 긴장을 유지하면서도 짜임새의 틀을 벗어나지 않고 있다. 김혜순 씨의 시가 보여 주는 가장 중요한 특질은 그 어법에 있다. 언어적 연상 과정을 시적 이미지로 구체화시켜 놓고 있는 이 특이한 어법은 시적 대상에 대한 인식의 방법에서부터 그 형상화의 과정에 이르기까지 긴장을 지켜내고 있다. 〈달이 꾸는 꿈〉이라든지 〈두근거리네〉와 같은 작품에서는 기법적인 관심 못지않게 서정적인 기품을 살려냄으로써 완숙의 경지에 도달해 있는 이 시인의 시세계를 잘 보여 준다.

언어적 기법에서 서정성의 깊이에 이르기까지 김혜순 시인이 거두고 있는 시적 성과는 자기 세계를 깊이 있게 천착해 온 시인의 노력에 값하는 것이다. 심사의 최종 단계에서 소월시문학상의 대상 수상작으로 김혜순의 작품을 천거하는 데에 전적으로 동의한 것은 바로 이 때문이다. 김혜순 시인에게 다시 한 번 축하드린다.

차 례

대상 수상작

김혜순

● 대상 수상시인 자선작

나희덕

송재학

이문재

함민복

황인숙

기수상시인 우수작

정호승

김혜순

잘익은 사과 외

1955년 경북 울진 출생
건국대 및 동대학원 국문과 졸업
1979년 《문학과지성》을 통해 등단
시집 《또 다른 별에서》《아버지가 세운 허수아비》
《어느 별의 지옥》《우리들의 음화》《나의 우파니샤드, 서울》
《불쌍한 사랑 기계》, 동화 《마음속의 잉카》, 여행기 《들끓는 사랑》 등
1997년 김수영문학상 수상

잘 익은 사과

백 마리 여치가 한꺼번에 우는 소리
내 자전거 바퀴가 치르르 치르르 도는 소리
보랏빛 가을 찬바람이 정미소에 실려온 나락들처럼
바퀴살 아래에서 자꾸만 빻아지는 소리
처녀 엄마의 눈물만 받아먹고 살다가
유모차에 실려 먼 나라로 입양 가는
아가의 뺨보다 더 차가운 한 송이 구름이
하늘에서 내려와 내 손등을 덮어주고 가네요
그 작은 구름에게선 천 년 동안 아직도
아가인 사람의 마음 냄새가 나네요
내 자전거 바퀴는 골목을 만날 때마다
둥글게 둥글게 길을 깎아내고 있어요
그럴 때마다 나 돌아온 고향마을만큼
큰 사과가 소리없이 깎이고 있네요
구멍가게 노망든 할머니가 평상에 앉아
그렇게 큰 사과를 숟가락으로 파내서
잇몸으로 오믈오믈 잘도 잡수시네요

얼음 비단, 얼음 아씨

아주 아주 더운 여름날
땡볕 속을 걸어가고 있는데
아주 아주 멀고 먼 곳에서 누군가 나를 안았어요

한 번도 녹아 본 적이 없는 머나먼 눈나라
그 나라의 얼음 아씨들이
눈을 먹고 사는 누에가 짠 氷蠶(빙잠)에서 실을 뽑아선
시리디시린 얼음 비단 치마저고리 만들어 입고선
내 가슴속을 환하게 밝히며 들어왔어요

아주 아주 더운 여름날
땡볕 속에서 가로수들 녹고 있는데
어디선가 불어온 차디찬 바람이 내 손톱들을
저 멀고먼 나라로 몰아가 버렸어요
나는 그만 오갈 데 없어진 사막의 물새알처럼
신호등 앞에 둥그런 눈사람으로 서 있었어요

천사란 가슴속에, 온몸 속에
핏줄마다 살결마다 스며드는 것
효모처럼 내 몸 속에서 부푸는 눈보라

얼음 아씨들 내 몸 속에서
솜털처럼 휘날렸어요
그 가볍고도 환한 눈물이 이불처럼
내 속을 그만 안아 버렸어요

물 속에 잠긴 TV

TV는 마치 욕조와 같아
나는 TV 욕조 속에서 하루종일 나오지 않는 그녀를 들여
다보네
손가락이 쪼글쪼글해지고
거울은 뿌옇게 흐려지고
머릿속까지 밀려들어오는 미지근한 물
마치 더운물을 보충할 때처럼 돌려지는 채널
암흑 방에서의 TV 시청
점점 더 깊은 땅 속으로 끌려 들어가서는
묻혀서도 숨쉬는 허파처럼
끝나지 않는 TV 시청

그러나 자정 뉴스가 끝나면 그 뉴스에 이어서
그 뉴스를 견뎌내는 건 바로 그녀
오늘 밤 자정 뉴스는 오십 명의 넥타이 맨 남자들을 보
여 주었지만
여자들이 맡은 배역은 불에 타 죽은 아이를 껴안고
몸부림치며 우는 역할뿐

나는 이어서 그녀라는 이름의 TV를 들여다보네

푸른 그늘이 용솟음치고, 침묵으로 얼어붙는 수초들
그 사이로 통곡하는 물고기들이 장의사 행렬처럼 떠가네
TV가 끝난 후 이 뇌파 어항의 불빛은 너무 춥고
곧 이어서 흘러나오는 죽은 아가들의 울음소리
그녀는 절대로 TV를 감지 않네
잠을 자는 것도 그녀에겐 일종의 말하기 방식
그녀는 잠 속에서도 우는 배역은 싫어
잉크도 종이도 없는 곳에서 흘러나오는
TV 욕조 속 미지근한 물 속을
무거운 고개만 이리저리 흔드네

어머니 달이 눈동자 만드시는 밤

나는 시방 바다로 걸어들어간다
머리를 베개 위에 반듯하게 얹고
두 손을 가슴 위에 나란히 포개고
그렇게 왼발 오른발 한밤내 걸어들어가면
우리 아버진 바다 깊이 잠들어 계시고

우리 어머닌 한 천 년째 바다를 휘젓고 계시다
그러면 세상의 파도란 파도
그 모든 파도의 물방울 방울마다
세상의 모든 아가들 영롱한 눈망울 하나씩 맺히고

우리 아버지 배꼽에선 연꽃 한 그루 억세게 높이 자라
그 연꽃 속에서 뛰어나온 청년이
바다 위 마을의 집집마다
영롱한 눈망울 두 개씩 배달 나간다

그러나 시방은 다시금 내가 그 바다에서 걸어나올 시각
나는 가슴에 나란히 포갰던 손을 풀고
오대양 육대주 넘실거리던

내 두 눈동자의 주름을 거두어들고
이불 밖으로 몸을 솟구쳐올린다

플러그가 빠지면

우선 비닐하우스에서 닭들이 죽는다. 컨베이어 벨트 위에서 달걀이 썩는다. 냉동차 가득 썩은 돼지들이 정육점마다 부려지고, 수족관에서 시신들이 떠오른다. 가락동 농수산물 시장이 문드러지고, 내 몸 속에서 오물이 출렁거리고

너와 나는 백일하에 썩기 시작한다. 너를 위해 더 이상 불을 켜둘 수가 없어. 우리는 이제 더 이상 마주볼 수가 없어. 너는 나와 모두 끊어졌어. 우리의 피부는 녹아내리고 누구든지 남의 내장을 함부로 들여다볼 수 있게 되었어. 꿈속에서도 화장실이 넘치긴 마찬가지야. 아무리 손잡이를 당겨 봐야 아무것도 씻겨 내려가지 않아. 촛불도 악취를 풍겨. 화염방사기 같은 것 있으면 좀 보내줘,

아니면 해일이라도. 흑연 폭탄이 베오그라드를 암흑으로 몰아 넣었다. 폭격기가 흑연 폭탄을 뿌리자 폭탄은 목표물 상공에서 터진 후 흑연 가루를 쏟아 부었다. 전도체 성질을 띤 그 가루는 변전소 전선에 달라붙어 누전을 일으키고, 전선을 태우며, 송전망을 마비시켰다, 나토군은 유고의 네트워크를 마비시키고, 컴퓨터 시스템을 교란시켰다. 입 있어도 말 못하는 컴퓨터들이 덩그라니 놓여 있는 어두

운 방 안에서

　미친 사람들이 점점 늘어가. 새들이 진저리를 치며 떨어
지고, 꽃들이 벌레를 잡아먹기 시작했어. 심지어 사람을
물어뜯는 꽃들도 있는 걸. 바로 여기, 내 발 밑이 세계의
오지야. 진흙 바닥 위에 죽은 닭들이 산처럼 부려졌어. 이
제 내 가슴속에 조금밖에 안 남은 너에게 아침마다 소금을
뿌려두고 있어. 그 대신, 내 피부에 잠복했던 미생물들이
점점 커지고 있어. 개미만해지더니, 고슴도치만해지더니
오늘 아침엔 개만큼 커졌어.

　개들이 남아 있는 우리의 나날들을 물어뜯고 다닌다. 세
상의 엄마들의 젖꼭지가 썩은 콩처럼 떨어진다. 물어뜯다
남긴 몸에서 파리 떼가 창궐한다. 그만큼 어둠이 창궐한
다. 상한 음식을 먹고, 좀비들이 누군가의 줄에 묶인 듯 비
틀거리며 어디론가 끌려가고, 너와 나는 이제 그림자일
뿐. 그림자 위 햇빛 속엔 너와 나의 형상이 녹고 있다. 살
아 있으나, 우리의 뇌엔 쉰 밥덩이들이 들었을 뿐. 모든 형
식이 파괴된 채, 똥통 속에서 내용만 끓어오르다, 떨어지
고, 또 끓어오른다. 제발, 될 수 있는 한 빨리 보내다오,

화염방사기라도, 아니면 해일이라도.

메아리가 갔다가 오는 만큼, 그만큼

강 건너에서 모래 실은 트럭 한 대가
맹렬하게 달려오더니 귓속에 햇살 한 트럭 붓고 갔는지
메아리처럼 내게서 떠나갔다가
저 건너 산에서 내 귓속으로
다시 밀려들어오는 환한 꿈
공동묘지로 가득 찬 저 山中이 내 귓속까지
환하게 밀려들어와 와글와글 하는지
너 죽을래 하면 너 죽을래 하고
너 미쳤니 하면 너 미쳤니 하면서
저 산의 주름들 다 더듬고 돌아와서는
덤프 트럭이 쏟은 모래만큼 와글와글 하는 소리
이 편의 너 죽을래와 저 편의 너 죽을래 사이 공중에다가
그 허랑방천에다가 다달이 피를 쏟고 가는
이제 갓 암컷이 된 새
나는 왜 이 나이 먹어서도 그 새파란 시절로,
그리로 자꾸만 돌아가는지
따뜻한 눈물이 하늘을 스치고 지나가자
내 눈물로 따뜻해지는 강물
메아리처럼, 노을처럼 또 한번 핏방울 떨어지고
윤회의 소용돌이에 끼여 오도가도 못하는 한 영혼이

말잠자리처럼 저 편 山中과
이 편 강물 사이에 오래도록 떠 있고
메아리가 갔다가 돌아오는 그 사이, 그만큼
회오리처럼 오르다 다시 떨어지는 저 새가 저지르는
피 부신 노을 이부자리, 그만큼
너 미쳤니 하면 너 미쳤니 할 뿐

태양의 축제

아마존 히바로 인디언에게서 머리를 샀다
이 머리는 길 잃은 자를 죽여 그 시신에서 목을 댕강
자른 다음 그 머릿속의 해골을 바수어내고
그 살 주머니에 뜨거운 모래를 넣어 구운 것이다
그러면 그 머리는 죽은 사람의 인상을 그대로 간직한 채
조막만하게 오그라든다
밤길을 걷다가 별빛이 입 안으로 들어왔다[1]
그러자 금으로 씌운 어금니가 아팠다
꿈에서 이를 빼면 가까운 사람이 죽는다는데
내 입 안이 동굴 입구만큼 커지고
누군가 내 뼈를 두들기고 있다
잠시 후 나는 어금니 빼러 치과에 간다
내가 일렬로 늘어선 장롱 앞에서 옷을 벗고 있는데
제복 입은 아가씨가 여긴 슈퍼마켓인데요
속옷을 맡기려면 목욕탕으로 가세요 한다
기분 좋은 바람이 머리칼을 세고 가고
나는 전화국으로 들어간다
옷을 벗고 있는지 입고 있는지 모르겠다
가방을 헤집어 조금 전에 산 머리를 꺼내려는데
그 머리가 바로 내 머리라는 생각이 든다

아무리 찾아도 가방 속에서 머리가 나오지 않는다
전화벨이 울리고 나는 대번에
그게 누구 전화인지 알아챈다 굉장히 불길한 전화다
아까 그 제복 입은 아가씨인가, 누군가 전화를 받으라
한다
전화기 속에서 누군가 흐느끼고 있다 떨고 있다
나는 떠는 그를 국제전화용 부스 안에서 바라보지만
그는 모르는 사람이다 그는 내가 모르는
먼, 먼 언어로 말하는 사람이다
나는 40여 년 만에 다시 한 번 요에다 오줌을 쌌다
전화로 하우스키퍼를 불러 시트와 담요를 주문하고
젖은 시트는 둘둘 말아 놓았다
새벽 세 시, 호텔 리베라따도르였다
배를 타고 떠나려는데 아마존 정글의 배는 34층에서
떠난다고 했다 기차를 타고 보니
여긴 낮인데 34층 아래 지구 반대편
서울은 밤이었다 서울의 불빛이 저 멀리 발 밑에서
수천만 마리의 형광 물고기처럼 깜빡였다
그 중의 한 마리가 흐르는 별처럼 움직이며
내 것인 어떤 것을 물고 갔으나

무엇인지 정확히 모르겠다 다시 허수아비 같은 무엇이
나를 내려다보고 있는 것 같아 머리맡을 바라보았더니
아까 산 주먹만한 머리가 창문 밖 어두운 곳에
거울 속인 것처럼 앉아 있다가 나에게 말을 건넸다
처음에는 무슨 말인가 알아듣지 못했으나
곧 알아듣게 되었다 그 나라 말은 모든 초성 자음을
이응으로 바꾸어 발음하는 것이었다
이를테면 대한민국은 애안인욱이었고, 서울은 어울이었으며
내 딸은 애 알, 그런 식이었다
나는 집으로 돌아가려고 뜀박질을 시작했는데
움직여지지 않아 다리를 내려다보니 다리가 잉카의 돌이었다
정신은 깨어 있는데 몸은 움직여지지 않았다
남편이 들어와 미라에 주사를 놓아야겠다고 말했다
그가 손에 든 장부엔 결핵이란 병명이 적혀 있었다
다시 남편이 학교에서 전화가 왔다고 나를 흔들어 깨웠다
잠옷을 갈아입고 이제 밖으로 나가려고 장롱을 여니
장롱 밖이 잉카의 쿠스코였다
태양의 축제라도 있는지 중앙 광장에
온갖 안데스 종족이 모여들어 옷들이 울긋불긋 했다

---

1) 《三國史記》, 〈新羅本紀〉, 第二 儒禮尼師今.

김혜순

또 하나의 타이타닉호 외

또 하나의 타이타닉호

솥이 된 '또 하나의 타이타닉호'
1911년 건조되었고, 선적지는 사우샘프턴
속력은 22노트, 여객선, 한 번 항해에 2천 명 이상 탑승
한 경력
내가 결혼한 해에 해체되었으며
지금은 빵 굽는 토스터, 아니면 주전자, 중국식 후라이팬,
한국식 압력 밥솥이 되었다
상처투성이의 큰 짐승
육지 생활에 여전히 적응 못하는 퇴역 선장
그래서 솥이 되어서도
늘 말썽이 잦다
나는 밥하기 싫은 참에 압력 밥솥 회사에 항의 전화를
걸었다
자꾸 김이 새잖아요?
내가 씻은 쌀이 도대체 몇 톤이나 될까. 새벽에 일어나
쌀을 씻고, 식탁을 차리고, 다시 쌀을 씻고, 솥을 닦고, 숟
가락을 닦고, 화장실을 닦고, 다시 쌀을 씻는다. 닭의 뱃속
에 붙은 기름을 긁어내고, 쌀을 씻고, 생선의 내장을 꺼내
고, 파를 다진다. 다시 쌀을 씻는다. 망망대해를 떠가는
배, '또 하나의 타이타닉' 표 압력 밥솥, 과연 이것이 나의

항해인가. 리플레이, 리플레이, 리플레이

　우리 집에 정박한 한국식 압력 밥솥 '또 하나의 타이타
닉호'

　불쌍해라, 부엌을 벗어난 적이 없다

　밥하는 거 지겨워

　설거지하는 거 지겨워

　그럼 그것도 안 하면 뭐할 건데?

　압력 밥솥이 내게 물었다

　뱀처럼 밥 먹고 입을 쓰윽 닦지

　내가 대답했다

　영사기에서 쏟아지는 빛처럼 가스불이 솥을 에워싸자 파
도가 끓는다

　스크린처럼 하얀 빙산에 배가 부딪칠 때

　밤바다로 쏟아져 들어가는 내 나날의 이미지

　물에 잠겨서도 환하게 불 켜고

　필름처럼 둥글게 영속하는 천 개의 방

　느리디느린 디졸브로

　솥이 된 여자, 그 여자가

　곧, 스타들과 엑스트라들이 끓어오르는 흰 파도 속에서
잦아든다

그 이름 '또 하나의 타이타닉호'
화이트 스타 선박회사 건조
수심 4천 미터 속 부엌을 천천히 걸어다니며
짙푸른 바닷속에 붉은 녹을 풀어 넣고 있다

쥐

환한 아침 속으로 들어서면 언제나 들리는 것 같은 비명. 너무 커서 우리 귀에는 들리지 않는. 어젯밤의 어둠이 내지르는 비명. 오늘 아침 허공 중에 느닷없이 희디흰 비명이 아 아 아 아 흩뿌려지다가 거두어졌다. 사람들은 알까? 한밤중 불을 탁 켜면 그 밤의 어둠이 얼마나 아파하는지를. 나는 밤이 와도 불도 못 켜겠네. 첫눈 내린 날, 내시경 찍고 왔다. 그 다음 아무에게나 물어 보았다. 너 내장 속에 불 켜 본 적 있니? 한없이 질량이 나가는 어둠, 이것이 나의 본질이었나? 내 어둠 속에 불이 켜졌을 때, 나는 마치 압핀에 꽂힌 풍뎅이처럼, 주둥이에 검은 줄을 물고 붕 붕 붕 붕 고개를 내흔들었다. 단숨에 나는 파충류를 거쳐 빛에 맞아 뒤집어진 풍뎅이로 역진화해 나갔다. 나의 존엄성은 검은 내부, 바로 이 어둠 속에 숨어 있었나? 불을 탁 켜자 나의 지하감옥, 그 속의 내 사랑하는 흑인이 벌벌 떨었다. 이 밤, 창 밖에서 들어오는 헤드라이트 불빛에 내 방의 상한 벽들이 부르르 떨고, 수만 개의 아픈 빛살이 웅크린 검은 얼굴의 나를 들쑤시네. 첫눈 내린 날, 어디로 가버렸는지 흰 눈은 하나도 보이지 않고, 창 밖으로 불 밝힌 집들. 밤은 저 빛이 얼마나 아플까.

달이 꾸는 꿈

1

달 어머니가 국을 푸신다
퍼 올리는 국자마다 달덩이 하나씩
폭풍우 끝난 밤
달 아기들이 밥상 아래
둥글게 앉아 있다

2

그 집은 문을 닫아도
달 냄새 멀리까지 퍼지는 집
꿈 냄새 요란한 여자의 집
사람들은 꿈속에 나타난 달
어머니에게 오줌을 누고
옷을 벗기고 뺨을 때리고
돼지처럼 구석으로 몰아대고
엉덩이를 때리고
달의 아기들은 문 밖에서 울고

그러나 아무도 달이 꾸는 꿈
속의 꿈인 줄도 모르고

당신의 꿈속은 내 밤 속의 낮
내 몸이 꿈으로 환해지나이다

                    3

달의 어머니 탯줄을 자르시고
썰물처럼 떠나가면

밤 부엉이 한 마리
어두운 내 몸 속을 노려
창 밖 감나무 가지 위에 앉아 있고

나는 또 달 어머니
돌아오시길 빈 집처럼 기다리고

0시의 부에노스아이레스

발목 밑으로 줄줄 새는 그림자를 따라 걷는 밤

머리에 포마드를 짙게 바른 남자의 다리와
여자의 이마가 홍색으로 젖는다

내가 꿈 값을 내고 내 얼굴 주위로 뭐가 보이나요
타로 점쟁이 할머니에게 물었을 때
다시 눈뜨면 너는 다른 세상에 있으리
거울 속에 보이는 놈들은 다 가짜
저 세상 사람들이니 그들을 잊어라
내 하룻밤의 검은 넥타이 천사, 남미 마피아들이
무대 맨 아래 좌석에 도열하자
탱고는 시작되고, 먼 나라에서 온 나는 마피아의 검은
  겨드랑이 밑에서 샹그리라를 홀짝거리며 꿈속으로 흘러
갔지
  조명 속에서 인디오 악사들이 목각 인형처럼 떠오르고
  남녀는 네 다리를 얽으며 시큼한 슬픔을 발자국 가득 찍
어내었지

슬픔이란 말할 수는 없어도 몸에서 흘러내리는 것

가슴과 가슴 사이엔 물 넘치는 지구라도
품어져 있는 걸까 시큼한 본드라도 붙여 놓은 걸까
춤 냄새 한번 고약했었지
지독한 슬픔을 견디는 건 저 거친 들숨 날숨 따라서 찍
는 발자국뿐
다리를 얽으며 쓰러질 듯 다시 돌아오는 질긴 싱코페이션,
그대는 나, 나는 그대라고 노래하지만 정녕 너는 내가
아니라는
다만 허공에 주형을 뜨듯 찍어 보는 육체의 얽힌 형식이
있을 뿐
통곡이 올라오는 몸은 앞뒤로 흔들어 줘야 하는 법
칙칙한 조명 끝자락 속에서 내 이마가 홍색으로 젖는다

검은 얼음 조각으로 만든 것처럼 어둠 속에서 몸이 녹아
내리는 밤
내 그림자 찐득거리며 한없이 발바닥에
붙어 버렸지 나는 소리없이 아팠지

같이 가요 마피아, 지구 반대편의 나를 제발 해결해 줘요

김포 쓰레기 매립지로 가는 길

또 머리를 바짝 잘랐어
더 이상 나날이 길어지는 머리카락에
새겨진 이름들을 잡아뜯긴 싫어
비가 오자 2층, 3층, 4층에서
쓰레기통을 뒤집어 버렸나 봐
머리카락이 우수수 쏟아져
쓰레기가 비처럼 내리는 곳에서 뽀뽀를 했어
내가 밤새 토한 오물 위에서 뽀뽀를 했어
노래를 할 때마다 오물이 날아왔어
방에다 쓰레기통을 뒤집고
입덧을 했어 그리고 담배를 피웠어
내 시집들이 타올랐어
삼 억의 아기가 태어나고
일 억의 남녀노소가 죽었어
약을 먹은 날은 목욕하다 말고
대문을 열고 나갔어
검은 비닐 봉지들은 참새 떼보다 높이 날아오르고
버려진 재봉틀 대가리는 말 대가리 같았어
엄마의 재봉틀 소리는 몸에 난 구멍을 하나씩
하나씩 메꾸어 주었어

나는 페달을 밟는 엄마의 발 밑에서
부풀어오르는 젖가슴을 떼어서 던졌어
숲은 악취를 풍기고, 전염병을 가득 품고
밤에도 뜨겁게 끙끙거려
불 밝힌 저 장미여인숙의 조바는
밤마다 4천만 개의 정자를 내다버렸어
숲에서 떼지어 날아나오는 모기 떼들
꺼져 들어가는 빈약한 앞가슴을 파고들었어
20세기에 태어나 세기말을 살다가
21세기에 죽으러 가는 길이었어

나는 고것들을 고양이라 부르런다

살아 있다 : 나는 보이지 않는 내 고양이에 대해 말하련 다. 고양이는 살아 있다. 그들은 하루에 알을 두 개씩 낳는 다. 그렇게라도 하지 않으면 종족 번식이 안 되니까. 대청 소 한 번에 멸종 위기에 놓이니까. 후우 입김 한 번에도 날 아가니까. 그럼에도 고양이들은 언제나 어느 구석에나 살 아 있다.

작다 : 나는 그들에게 먹이를 줄 필요가 없다. 왜냐하면 보이는 내가 언제나 살갗 껍질을 떨어뜨려 주니까. 고양이 들은 살 비듬 한 알갱이 속에 아파트를 지을 만큼 작다.

겨우 살아 있다 : 털면 털리고, 빨아들이면 먹히고, 잔기 침 한 번에도 꼬리를 내린다. 내 고양이들은 어찌나 작은 지, 대물렌즈 위에 올려놓고 배율을 오백 배 천 배 올려도 그 앙증맞게 달싹거리는 입이 보일까 말까 한 놈은 그래도 큰놈이다. 공기 속에 떠 있지만 언제나 먼지 가장자리에 불면 불릴까 깃털이라도 스칠까 달달 떤다. 추위에 약한 것들, 나는 더운 여름날 문도 못 연다. 겨우 살아 있는 것 들. 불쌍한 것들. 날 고양이 엄마라고 불러 줘. 너무 작아 품에 안지도 못할 것들. 할 수 없어, 땀샘 구멍에라도 넣어 줘야 할 것들. 책 속의 행간 속으로 빨간 고양이가 살짝 비 친다. 아이고 귀여운 것. 고양이는 어디에나 있다. 나의 뇌

세포 한가운데. 하루에 알 두 개씩. 이불 속에 알 두 개씩.
빨간 눈 앙증맞은 울음소리. 소파 뒤에 오글거리는 나의
고양이들. 학교 갔다 돌아오면 이불장 위 먼지 이불 덮고,
좋아라 가르릉거리는 고것들의 울음소리.

　그러나 요것들 : 요 귀여운 것들. 생명의 불 꺼지면 삽시
에 나 먹어치울 것들. 소파를 비오는 한데에 내어놓게 하
는 것들. 내 콧구멍 속에도 집을 짓는 것들. 내 코끼리마저
파먹어 치울 것들. 낮에는 안 보이는 별과 같은 것들.

눈물 한 방울

그가 핀셋으로 눈물 한 방울을 집어 올린다. 내 방이 들려 올라간다. 물론 내 얼굴도 들려 올라간다. 가만히 무릎을 세우고 앉아 있으면 귓구멍 속으로 물이 한참 흘러들던 방을 그가 양손으로 들고 있는 것 같은 착각이 든다. 그가 방을 대물렌즈 위에 올려놓는다. 내 방보다 큰 눈이 나를 내려다본다. 대안렌즈로 보면 만화경 속 같을까. 그가 방을 이리저리 굴려 본다. 훅훅 불어 보기도 한다. 그의 입김이 닿을 때마다 터뜨려지기 쉬운 방이 마구 흔들린다. 집채보다 큰 눈이 방을 에워싸고 있다. 깜빡이는 하늘이 다가든 것만 같다. 그가 렌즈의 배수를 올린다. 난파선 같은 방 속에 얼음처럼 찬 태양이 떠오르려는 것처럼, 한 줄기 빛이 들어온다. 장롱 밑에 떼지어 숨겨 놓은 알들을 들킨다. 해초들이 풀어진다. 눈물 한 방울 속 가득 들어찬, 몸 속에서 올라온 프랑크톤들도 들킨다. 그가 잠수부처럼 눈물 한 방울 속을 헤집는다. 마개가 빠진 것처럼 머릿속에서 소용돌이가 일어난다. 한밤중 일어나 앉아 내가 불러낸 그가 나를 마구 휘젓는다. 물로 지은 방이 드디어 참지 못하고 터진다. 눈물 한 방울 얼굴을 타고 내려가 번진다. 내 어깨를 흔드는 파도가 이 어둔 방을 거진 다 갉아먹는다. 저 멀리 먼동이 터오는 창 밖에 점처럼 작은 사람이 개를 끌고 지나간다.

靑色時代

　파리로 날아가기 전 바르셀로나의 피카소는 청색시대를
난다
　하늘과 바다가 맷돌처럼 맞붙어
　갈아낸 푸른 가루가 식구들 위로 풀풀 날린다

　오늘 일 끝내고 이불을 끌어올리면
　바다를 오래오래 구워
　내 뼈를 만들어 주신 하나님이
　나를 또 바다로 부르시네

　뭉글뭉글 피어오르는 바다 나무 한 그루
　바다 나무 이파리들이 바다 커튼처럼
　커튼을 걷고 안으로 걸어 들어가면

　저 세월의 바다에 잠긴 내 푸른 사진들
　푸른 이끼 퍼진 얼굴이 껴안은 푸른 내 애인

　퍼내도 퍼내도 푸른색은 퍼지지 않아
　(이불을 들썩거리며 돌아누우며)
　누가 저 바다를 꺼다오

수천 개의 수상기들이 철썩거리는 소리
내 애인에게 푸른 옷 입히는 소리
꺼다오

(내 뼛속 어딘가 그 어딘가 아직도
출렁거리는 바다 있어
쉴 새도 없이
상영중인 바다가 있어)

피카소는 어떻게 뼛속의 바다를 건너
장밋빛 시대의 암술 속으로 들어갈 수 있었을까
그는 어떻게 뼛속의 바다를 건넜을까

박물관 온데간데 없고

가을 남산 올라가네 수업 일찍 끝내고
케이블 카나 탈까 우산 말아 짚고 남산 올라가네

일진 광풍 몰아쳐 나뭇잎들 우수수
떨어지고 한 회오리 나 데리고 박물관 들어가네

이 박물관은 초상화 박물관인가 봐
구부리고 웃으며 흔들리는, 잠깐 돌아서는, 유리 속에 갇힌

유화 물감 듬뿍 묻힌 나이프를 눕혀
붕대처럼 풀리는 내 애인의 얼굴을 급히 잡아낸

일어선 머리, 주머니에 집어넣은 손, 뭉그러진 얼굴
다리가 아프도록 돌아보는 초상화 관람 끝이 없네

갑자기 빗방울 후두둑 떨어지고, 박물관 온데간데 없고
우산 밖 저 멀리 거친 터치로, 날리는 피 묻은 붕대

뚝뚝 떨어지는, 우수수 날리는, 발자국 밑에 쓸리는
이파리들. 나 케이블 카 지나 한참 더 왔네

미라

나는 죽어서도 늙는다

나는 죽어서도 얼굴이 탄다

만약 한 사람의 일생을 지구 한 바퀴 도는 것에 비유할
수 있다면
나는 지금 사하라에 있다

폐경의 바다가 다 마르고
조개들이 타오른다

걸음을 옮길 때마다
내 손목을 잡던 수천의 손가락들이
발바닥 밑에서 뜨겁게 부서져 밟힌다

감싸안은 누더기들이 부서져 날린다
감은 눈 온다

토요일 밤에 서울에 도착한다는 것

자정이 넘은 시간
운전수와 필름 끊긴 취객 둘이 타고
신나게 종로거리를 달려가는
환하게 불 켠 심야버스처럼
밤새도록 눈 한 번도 안 깜박이는
응급실 하얀 네온 간판처럼
천 명도 넘는 사람들이 링거를 꽂고
누워 있는 자정의 종합병원처럼
탁자마다 속이 다 비치는
옷을 입은 전화기가 저마다 소리치고 우는
까페 펄프처럼
삐삐들, 공중전화들, 광고지들 마구 쏘다니는
문 닫고 환한 명동 이클립스처럼
할아버지, 할머니, 엄마, 동생이
저마다 입던 옷 벗어들고 달려오는
24시간 환한 마이 뷰티풀 런더 처럼
다 잠든 시각
남산에서 내려다보면
불타오르는 서울 한복판의 황금장미
남대문시장처럼

이 밝은 천당!

누가
만 원에 산 어항처럼
흔들고 가고 있는지

39도 5부

햇빛 속에 늙은 여자 호박 하나 걸어간다
호박 속으로 한 사람이 들어온다
그 사람이 호박 속을 홍두깨로 민다
노랗고 붉은 섬유질의 방이 천지 사방으로 넓어진다
그 사이로 포크레인이 한 대 아른아른 지나간다
여름 한낮이 꿀 넣은 호박 속처럼 짙다

호박 속에는 127개의 씨가 있다
127개의 씨 속에는 127개의 호박이 들어 있다
그 호박들 속에는 다시 127개의 씨가 들어 있다
다시 그 씨 속에는 $127 \times 127 \times 127 \times 127$개의 호박이 들어 있다
머릿속에서 노오란 원자 호박탄이라도 터졌나
누가 내 머릿속이 끈적거리는 전화선들을 걷어 줄 건가

김씨가 작두 아래 늙은 호박을 넣고 퍽퍽 쪼갠다
소여물 줄 거라 한다
호박 속처럼 끈적끈적한 폭염 속
그 호박 속 사람들이 나가지 않는다
$127 \times 127 \times 127 \times 127$들은 마음대로 들어오는데

나는 마음대로 들어갈 수도
퍽 퍽 쪼개어 내 소에게 여물 먹일 수도 없다
호박이 속 검은 씨들을 악물고 막무가내 익어간다

겨울나무

나뭇잎들 떨어진 자리마다
바람 이파리들 매달렸다

사랑해 사랑해
나무를 나무에 가두는
등 굽은 길밖에 없는
나무들이
떨어진 이파리들 아직도
매달려 있는 줄 알고
몸을 흔들어 보았다

나는 정말로 슬펐다. 내 몸이 다 흩어져 버릴 것만 같았다. 나
는 이 흩어져 버리는 몸을 감당 못해 몸을 묶고 싶었다. 그래서,
내 몸 속의 길들이 날마다 제자리를 맴돌았다. 어쨌든 나는 너를
사랑해. 너는 내 몸 전체에 박혔어. 그리고 이건 너와 상관없는
일일 거야, 아마.

나는 편지를 썼다
바람도 안 부는데
굽은 길들이 툭툭

몸 안에서
몸 밖으로
부러져 나갔다

고재종

강변연가 외

1957년 전남 담양 출생
1984년 실천문학 신작시집
《시여 무기여》에 시를 발표하며 등단
시집 《바람부는 솔숲에 사랑은 머물고》
《새벽 들》《사람의 등불》《날랜 사랑》
《앞강도 야위는 이 그리움》,
산문집 《사람의 길은 하늘에 닿는다》 등
제11회 신동엽창작기금 받음
제2회 시와시학상 젊은시인상 수상

강변 연가

저 미루나무
바람에 물살쳐선
난 어쩌나,
앞들에선 치자꽃향기.
저 이파리 이파리들
햇빛에 은구슬 튀겨선
난 무슨 말 하나,
뒷산에선 꾀꼬리소리.
저 은구슬만큼 많은
속엣말 하나 못 꺼내고
저 설렘으로만
온통 설레며
난 차마 어쩌나,
강물 위엔 은어떼빛.
차라리 저기 저렇게
흰 구름은 감아 돌고
미루나무는 제 키를
더욱 높이고 마는데,
너는 다만
긴 머리칼 날리고

나는 다만
눈부셔 고개 숙이니,
솔봉이여, 혀짤배기여
바람은 어쩌려고
햇빛은 또 어쩌려고
무장 무량한 것이냐.

그늘

수수꽃다리꽃이
바람에 우수수거릴 때마다
그 청량한 향기가
보이지 않는 사방의
별을 생생히 닦아내는데요.

수수꽃다리꽃을
정혼자에게 보내선
파혼을 통고했다는 한 여인은
저 꽃을 일러
젊은 날의 추억이라 했다지요

그런 서럽고 서느러운
그늘이 드리워져
수수꽃다리꽃도 우리네 사랑도
아, 연자줏빛으로
웅숭깊어지는 건 아닐런지요

느티나무의 길

안개보다는 굵고 이슬비보다는 가는
초봄의 는개 비에
한 사나흘, 느티나무 물 머금더니

그 각질의 상처딱지들
감아드는 는개의 혓바닥에 바르르 떨며
마냥 부드러워지나 싶더니

돌기돌기, 젖부리만한 새 움들
두터운 세월의 鱗片 틈을 비집고
목하, 저렇게 내어밀고 있는 중이라니!

내 하도나 외로워서
눈발 치는 강변의 갈것마냥이나 쓸리며
질정 없는 남루의 길 돌아 나올 때

저 오랜 默示의 느티나무
거기 그렇게 한 자리에서
내내 견디며, 숨결 틔워내며

밖에서 찾아 헤매는 길의 어둠
안으로 열고 들어간 뒤라야
비로소 길 풀리어 환해지는 법이라더니

오늘은 연둣빛 길, 밖으로 내어밀며
이 논 저 논에 후끈한 두엄을 내고
초봄에 가는 양민들 가운데 야젓하느니.

달밤의 일

저 미끈한 능선 위의
저 쟁명한 보름달,
너와 나 못 견디어라.
못 견디어선
저 강물 속의 잉어 한 마리도
쑤욱 치솟아오르며
저 갈대숲 위로
은방울들 튀기는 것 보아라.
너와 난 한숨 터지고
그 갈대숲에 자던
개개비 떼는 화다닥 놀라
또 저렇게 튀어오른다. 그러자
풀섶의 풀 끝마다에
이슬 농사를 한 태산씩이나 짓던
풀여치가 뚝, 그치고
너와 나도 차마 숨죽이다간
풀여치와 너와 나도
한꺼번에 다시 자지러진다.
그 소리에 또또
저 여뀌꽃인가 물싸리꽃인가

수천 수만 눈 뜨는 것이니
보아라, 그때면
강물도 더는 못 참고 서걱서걱,
온갖 보석을 체질해대곤
너와 난 무엇이 마냥 젖어선
이렇게는 못 견디어라.
저마다 보름달 하나씩 껴안고
생생생생, 發光하며
아, 씨알을 익히며
저마다 제 능선을 넘고 넘는
이 밤, 또 무명의 것들이여,
우리가 이렇게는 사무치어라.

홀로 된 노인

저처럼 금숭어 튀어오르며 그리는
금빛 아치의 순간을 보는
저 노인, 저리는 발 담그지 않았을지라도
강물은 이미 노을에 감전돼 있다.
하루 내내 잘 익은 포도주빛 노을, 그 속에
봉우리를 헹구는 병풍친 산들은
또 검푸러지며 능선들을 미끈히 뽑을 때
저 노인, 거친 노동의 단내 나는 숨결도
이제 강심으로 잦아드는가.
적막강산, 이렇게 흘러도 좋다지만
아직도 허기를 못 면한 소쩍새는
물살을 더욱 흔들어놓는 지금, 저 노인의
가난도 절뚝거리며 강변을 돌아온다.
때마침 백양나무 잎새를 흔드는 바람,
이미 한 번 스쳐간 인연들도
우수수거리는 소리만 있어, 그 소리만으로도
저 노인, 온몸 사무치게 물살치곤 한다.
그러니 생은 얼마나 깊고 푸르른 것인가.
어깨에 멘 삽이 몇십 개 닳도록
평생을 파보아도 그러나 회한과 뉘우침뿐,

다만 강물은 유장하고 산은 우뚝해선
강으로 오늘을 씻고 산으로 내일을 세웠느니,
적막강산, 들어서는 산집 마당에
오늘처럼 또 금빛노루가 맑은 눈망울로
저 노인의 귀가를 기다린 적도 있긴 있다.

꽃 터져 물 풀리자

저 강변 마을마다 매화꽃은 터져
강물은 다시 풀리고
이 아침, 사람들은 보리밭으로 나간다

뼈가 마르는 외로움에 지친
저 참절의 먹때왈빛 얼굴들
날피리떼 일기 시작하는 강물에 씻고
또 매화꽃을 바라본다

보아라, 저 유장한 강물보다
더한 그리움의 속절들 있어
서러운 나라와 폐허의 마음을 딛고
꽃을 바라보는 사람들

보리거름 주다 잠시 쉴 짬에도
거기 벌써 푸릇푸릇한
냉이 달래 지칭개를 한웅큼씩 뜯는가

저 강변 마을마다 매화꽃은 터져
강물 위로 통통통통

흰비오리떼를 냅다 달리게도 하는
그 맑고 생생한 서러움으로

이 저녁, 집집마다에선
봄나물국이 쩔쩔 끓을 것이라면
이 봄이 저리 환해진들 또 어쩌겠느냐

고진하

그리마를 보면 세월이 느껴진다 외

1953년 강원도 영월 출생
1987년 《세계의문학》을 통해 등단
시집 《프란체스코의 새들》《우주 배꼽》 등
제8회 김달진문학상 수상

그리마를 보면 세월이 느껴진다

그리마를 보면
왜 세월이 느껴질까
나무결무늬 장판 위나 빛바랜 장미꽃무늬 벽
위를 뻘뻘 기어다니는
암황색 그리마를 보면, 그녀는 질겁을 하지만
왜 모래시계 속의 모래가
쉴새없이 쏟아져 내리는 소리가 들릴까.
절족류,
노예선 속의 노예들이
뱃바닥에서 한 동작으로 노를 젓듯이
그 많은 다리로 뻘뻘 기어다니는 그리마를 보면,
시간의 노예들,
한계의 제왕들의 슬픔이
좀더 빠르고 좀더 많은 다리를
필요로 한다는 생각이 든다.
무섭게 질주하는 고무바퀴들은
수만 년 진화된 다리?
하지만 그 바퀴들의 헐떡이는 혼(魂)은
퇴화를 거듭하고 있는 것은 아닐까?
오늘 아침에도

도연명(陶淵明)이 한가롭게 거문고를 타고 있는
옛 그림액자 뒤에서 기어 나와
전화기,
피아노,
오동나무 궤짝,
이철수의 판화 달력 위를 뻘뻘 기어다니다
질겁을 하는 그녀의 손길에 쫓겨,
몇 달간 쌓아놓은 신문철 위에 툭 떨어졌는데,
이런! 공항 귀빈실에서
달걀 페인트 세례를 받아 피칠갑을 하고 있는 듯한
전(前) 대통령 일그러진 얼굴에 뭉개졌다.
문득,
그녀의 눈망울도 벌겋게 충혈된다.
무상한 세월과 함께 뭉개진 그리마를 보며.

호 수

오래된 호수가 있다
거대한 반지(斑指), 하늘이 하사한 반지를 끼고 싶어
호수와 팔짱 낀 연인들이 있다
갈대를 꺾어 옛 사랑의 추억을 땋는 이들도 있고
편자 박은 말들의 경중경중 뛰는 노역도 있다.
말들이 끄는 수레를 따라가는
현란한 상혼(商魂)과 네온사인의 번쩍임도 있다.

그런데 오늘,
그 호수엔 아무도 없다.
녹 낀 거울처럼 해와 달과 별들이 사라졌다.
물거울에 서로를 비춰보며 짝짓던
새들도 다시 날아오지 않는다.
진또배기, 나무로 깎은 새들만 두둥실 떠 있다.
누가 그곳을 영소(靈沼)라 불렀던가.

술 따를 이 없는 쓸쓸한 경포(鏡捕), 나는
나에게 말한다, 돌아와 다오,
연인이여!

새벽, 범종소리

새벽 종소리에, 잠이 깼다.
어둠의 귀가 열려 그 소릴 깊게 빨아들인다. 문득
별빛을 덮고 잠들었던 내 안의 애욕과 권태,
온갖 허망과 환상들이
쇠와 나무가 마주쳐 내는 소리에 깜짝깜짝 살아나다
산산이 부서진다.

곧 미명이 밝아오리라.
움켜쥔 주먹을 풀고 닫힌 가슴을 열어
사랑해야 할 시간이다.
침묵이 깊어져 안팎 없이 단단해진 둥근 쇳덩이가
드물게 입을 뗀다. 젊은 날
비틀대며 탕진한 생(生)을 기억하지 않겠다.

두렵고 고마운 일이다.
자족(自足)하는 존재들은 제 집에 너그러운 어머니를 모시고 있
음을 나는 느낀다. 하지만 아직은 불효를 더 저지르고 싶겠지.
세상과 짝해 양다리 걸치고 사는
재미도 만만치 않으니까.
속이 빈 데서 울려나오는 저 소리엔 새잎들이

피어날 것만 같다. 오죽(烏竹)의 눈부신 잎새처럼.
내가 모시지 못한 시(詩)의 어머니를 모신 존재들을 보며
나는 때때로 시샘을 금치 못한다.
이 괴로움의 언어를 벗어 버릴 날이 있으리라.

헌데, 오늘 그대가 불러 주는 이 말들은 무엇인가.
그 동안 나는 하늘의 말을 담아내는
맑은 영소(靈沼)가 되기를 바랐다. 해와 달과 별들, 새들,
푸른 갈대들이 내 안의 물거울 위에 썼다가 지워버린
경이(驚異)의 글자들. 나는 그걸 읽지 않고 몽매한 어둠처럼
그냥 삼켰다.

타종(打鐘) 뒤의 잔잔한 여운—
그것이 한순간 내 속을 다 훑고 지나간 뒤에 떠오르는
저 찬란한 여명과 고요는, 소음이
사라졌기 때문이 아니라 내가 죽었기 때문이다.
기쁘다. 내가
읽을 새 경전(經典)은 바로 나다.
오늘은, 초록빛 우편함 곁에서 또 한 소식
기다려도 되겠다!

꽃뱀 화석

아침마다 산을 오르내리는 나의
산책은,
산이라는 책을 읽는 일이다.
손과 발과 가슴이 흥건히 땀으로 젖고
높은 머리에 이슬과 안개와 구름의 관(冠)을 쓰는
색다른 독서 경험이다.
그런데, 오늘, 숲으로 막 꺾어들기 직전
구불구불한 길 위에
꽃무늬 살가죽이 툭, 터진
꽃뱀 한 마리 길게 늘어붙어 있다.
(오늘은 꽃뱀부터 읽어야겠군!)
쫙 갈린 등과 꼬리에는
타이어 문양(文樣),
불꽃 같은 혓바닥이 쬐금 밀려나와 있는 머리는
해 뜨는 동쪽을 베고 누워 있다.
뭘 보려는 것일까,
차마 다 감지 못한 까만 실눈을 보여 주고 있는
꽃뱀.
온몸을 땅에 찰싹 붙이고
구불텅구불텅 기어다녀

대지의 비밀을
누구보다도 잘 알 거라고 믿어
아프리카 어느 종족은 신(神)으로 숭배했단다.
눈먼
사나운 문명의 바퀴들이 으깨어 버린
사신(蛇神),
사신이여,
이제 그대가 갈 곳은
그대의 어미 대지밖에 없겠다.
대지의 속삭임을 미리 엿들어
숲 속 어디 은밀한 데 알을 까놓았으면
여한도 없겠다.
돌아오는 길에 보니,
부서진 사체는 화석처럼 굳어지며
풀풀 먼지를 피워올리고 있다.
산책, 오늘 내가 읽은
산이라는 책 한 페이지가 찢어져
소지(燒紙)로 화한 셈이다.
햇살로 인화되어 피어오르는
소지 속으로,

뱀눈나비 한 마리 나풀나풀 날아간다.

초록색 우편함

*

항상 그득하다.
메뉴나 많으나 딱히 고를 게 없는
식당 같다.
주인은 미식가(美食家), 그는
가슴 뛰는 삶을 원하고 또 원한다.

연인(戀人)이여,
그대는 뜀뛰는 심장살을 베어 보내다오.

*

탈탈거리는 오토바이를 타고 오는 우체부만 보면
개는 죽어라고 짖어댄다.

*

기쁨의 소식[福音]은 항상 낯설기 때문일까?

　　　　　　　　　*

주인이 달가워하지 않는 소식도 있다.
죽은 자들의 부고(訃告)다.
차라리
화목(火木) 보일러 아궁이에 불이라도 지피도록
마른 낙엽을 포장해 보내달라.

　　　　　　　　　*

배달한 이는 없는데
잎맥만 앙상한 나뭇잎이 배달되어 있을 때가 있다.
바람이 한 짓이겠지.

그걸 꺼내어 손에 들고 있으면
얼마 전 사랑의 기아돕기 단체에서 보낸,
뼈만 앙상한 아프리카 어린이의 나신(裸身)이
어른거린다.

비쩍 말라 떨어지기 직전의,

성스런 우주목(宇宙木)의 병든 잎새를 보며
나는 양심의 가책으로 괴로워한다. 아주 잠깐!

*

뜯겨지지도 않고 소각장으로 직행하는
봉함물(封緘物)도 있다.
눈알도 없는 불꽃이 봉함을 열어
구구절절한 사연을 읽는 셈이다.

읽는다고 뭘 알기나 알겠는가.

눈물도 한숨도 재가 되고
바람도 바람결에 날릴 뿐.

*

어느 날,
보기 드문 결혼 청첩장이 날아왔다.
무조건 반가웠다.

일시: 1999년 4월 5일
장소: 설악산 비선대 숲

무려 스물다섯 해를 열애(熱愛)한
신랑 만주고로쇠나무 군과
신부 신갈나무 양의
성대한 결혼식이 있사오니,
공사다망하시더라도
부디 참석하시어 축하해주시기 바랍니다.
(* 축의금은 반드시 지참 요망!)

                  청첩인: 설악산 신흥사 주지 합장(合掌)

월 식

뭉쳐진 진흙덩어리, 오늘 네가
물방울 맺힌 욕실 거울 속에서 본 것이다.
십수 년 전의 환한 달덩이 같은 얼굴이 아니다.

푸석푸석 부서져 내리는
진흙 假面. 그걸 볼 수 있는 눈을
지니고 있다는 것이 퍽 대견스럽다.
하지만, 여름 나무가 푸른 잎사귀에 둘러싸여 있듯
그걸 미리 벗어 버릴 수 없는 것은
너의 한계,
너의 슬픔.

오래 전, 너의 출생과 함께 시작된
개기월식은 지금도 진행중.
드물지만 현명한 이는 그래서 매일 죽는다.
그리고 안다. 죽어야
어둠 속의 愛人의 달콤한 입술이 열린다는 것을.

욕실 거울에 비친 한 그루 葬禮木.
이름과 형상이야 어떻든, 너는

너를 사랑하지 않을 수 없다. 그 나무 아래서
너는 질척이는 욕망과 소음의 때를 밀고
고요한 쉼을 얻는다.

달 없는 밤.

나희덕

기둥들 외

1966년 충남 논산 출생
1989년 《중앙일보》 신춘문예를 통해 등단
시집 《뿌리에게》《그 말이 잎을 물들였다》
《그곳이 멀지 않다》,
산문집 《반통의 물》 등
제17회 김수영문학상 수상

기둥들

기둥들만 남아 있는 신전에 갔었지요.

그 중 가장 높은 기둥은 사람 키의 수백 배는 되어 보였어요.

무엇이 기둥을 저토록 높이 올라가게 했을까요?

하늘에 귀기울이기 위해? 나무에게 말하기 위해?

다람쥐 한 마리가 기둥 앞에서 오랫동안 귀를 쫑긋거리던데요.

키 큰 나무들과 기둥이 주고받는 말을 나는 알아들을 수 없었지요.

벽도 천장도 사라졌는데, 도시는 무너지고 언어는 흩어졌는데,

기둥들은 왜 아직도 그 자리에 서 있는 걸까요?

침묵하는 기둥 속에 숨겨진 문을 찾아 나는 두리번거렸지요.

그 죽음의 궁륭으로 들어가는 입구 말이에요.

얼마나 지났을까요, 나는 어느새 기둥 속에 들어와 있었어요.

지하로 뻗은 기둥의 뿌리를 따라 아주 멀리 걸어갔지요.

이상한 것은 기둥 속에 다시 낮은 기둥들이 줄지어 서 있는 거예요.

꼭 한 사람이 웅크리고 누울 만큼씩 떨어져 있는 기둥들 사이에는

사람들이 등을 돌린 채 신문지를 덮고 누워 있었구요.

"나자로여, 일어나라!"

역 광장에서 걸어내려온 예언자는 살아 있는 시체들을 향해

외쳤어요.

"어떤 새끼야, 잠도 못 자게 떠들어대는 놈이."

얼굴 없는 목소리들이 들렸을 뿐, 아무도 일어나지는 않았어요.

차가운 기둥들은 여전히 침묵하고 있었지요.

무엇이 기둥을 이토록 깊이 뿌리내리게 했을까요?

사람들의 신음소리에 귀기울이기 위해? 그들을 재우기 위해?

굽은 등짝들과 기둥이 주고받는 말을 나는 알아들을 수 없었지요.

신전의 다람쥐 대신 시궁쥐가 재빠르게 달아나고 있었고

나는 기둥 밖으로 나가기 위해 허둥거렸어요.

지하의 마천루에서 바라본 하늘, 그 네모난 하늘은 푸르기만 한데

기둥들은 왜 아직도 그 자리에 서 있는 걸까요?

그림자

햇빛이 겨누는 창 끝에 놀라
문득 걸음을 멈춘다

그림자가 짧다

뒤따라오던 불안은 어디로 갔을까
내가 헤치고 온 풀마다 누렇게 말라 있다
시든 풀을 보고 울지 않은 지
오래 되었다
나는 덜 여문 잔디씨 몇을 훑어 달아난다

끝내 나를 놓치지 않는 그림자
흩어지는 잔디씨에도 그림자가 있다

눈의 눈

봄이 가까워질수록
눈은 산꼭대기로 올라간다
햇빛이 시려워 시려워서

피워놓은 눈꽃을 자꾸만 꺼뜨리며 따라오는
햇빛의 눈을 피해
눈은 음지로 음지로 숨어든다
누구도 그를 알아볼 수 없는 곳으로

쫓기지 않고서는 오를 수도 없었을 산정에서
그가 본 것은 무엇이었을까
겨우내 연기 한 번 피우지 않고
물 한 모금 마시지 않고
어느 바위 틈에나 간신히 서려 있다가
점점 잦아들어, 마침내
훅 꺼져 버린
눈의 눈

시린 물
흘러내리는 이른 봄마다 나는

눈 어두워 알지 못했네
그것이 한 은둔자의 피라는 것을

石榴

石榴 몇 알을 두고도 열 엄두를 못 내었다

뒤늦게 석류를 쪼갠다
도무지 열리지 않는 門처럼
앙다문 이빨로 꽉 찬,
핏빛 울음이 터지기 직전의
네 마음과도 같은
석류를

그 굳은 껍질을 벗기며
나는 보이지 않는 너를 향해 중얼거린다

입을 열어 봐
내 입 속의 말을 줄게
새의 혀처럼 보이지 않는 말을
그러니 입을 열어 봐
조금은 쓰기도 하고 붉기도 한 너의 울음이
내 혀를 적시도록

뒤늦게, 그러나 너무 늦지는 않게

첫 나뭇가지

죽은 나뭇가지를 꺾어
산 나뭇가지 사이에 내려놓을 때
그것은 어떤 시작의 순간인가

그것을 알고 있기라도 한 듯
오래 두리번거리던 까치 한 마리
이미 두 집이나 세들어 사는 미루나무에게로 날아간다
첫 나뭇가지를 물고

이 가지를 어디에 내려놓을 것인가,
전세금 사십만 원을 들고 서울에 올라와
육교 위에서 중얼거리던 아버지처럼

아버지는 왜 진흙과 역청이 아닌
마른 나뭇가지들로 저 공중에 집을 엮으셨을까
무성해지는 잎사귀들 속에 우리를 숨기셨을까

가지 끝에 등이 찔려 날아오를 때마다
조금씩 둥글어져 가던 집
그런 다음날이면 햇빛이 더 깊숙히 꽂혔다 가던,

빗물조차 오래 머금을 수 없던 집
때로 삭정이 부러지는 소리 툭툭 들리던 그 집

저 숲에 누가 있다

밤구름이 잘 익은 달을 낳고
달이 다시 구름 속으로 숨어버린 후
숲에서는…툭…탁…타닥…
상수리나무가 이따금 무슨 생각이라도 난 듯
제 열매를 던지고 있다
열매가 저절로 터지기 위해
나무는 얼마나 입술을 둥글게 오무렸을까
검은 숲에서 이따금 들려오는 말소리,
나는 그제야 알게도 된다
열매는 번식을 위해서만이 아니라
나무가 말을 하고 싶을 때를 위해 지어졌다는 것을
…타다닥…따악…톡…타르르…
무언가 짧게 타는 소리 같기도 하고
웃음소리 같기도 하고 박수소리 같기도 한
그 소리들은 무슨 냄새처럼 나를 숲으로 불러들인다
그러나 어둠으로 꽉 찬 가을숲에서
밤새 제 열매를 던지고 있는 그의 얼굴을
끝내 보지 않아도 좋으리
그가 던진 둥근 말 몇 개가
걸어가던 내 복숭아뼈쯤에…탁…굴려와 박혔으니

추천우수작

송재학

누에 외

1955년 경북 영천 출생
1986년 《세계의문학》을 통해 등단
시집 《얼음 시집》《살레시오네 집》《푸른빛과 싸우다》
《그가 내 얼굴을 만지네》 등
제5회 김달진문학상 수상

누에

아마 내 전생은 축생이었으리 누군가 내 감정을 건드린다
면 하루아침에 나는 누에로 되돌아가 버릴지 모른다 출퇴근
길에 만나는 강변의 야산이 친애하는 벌레처럼 다가오곤 했
다 그러고보니 잠들면 나는 늘상 몸을 뒤척이며 어디론가
가고 있었다 게다가 고기를 멀리하고 나무 그늘의 통통한
물살에 온몸을 자주 맡겼다 잎맥을 거슬러가는 애벌레의 날
숨에도 내 생로병사가 느껴진다 실크로드에 병적으로 집착
한 것도 수상하다 아니다 고백하자 5령이라는 잠을 자고 나
면 누에는 이승과 저승의 해안을 가볍게 날아드는 나비, 더
고백하자 그 나비의 날개라는 반투명이 내 후생임을

눈물이라는 영혼

어떤 눈물에도 영혼이 드나든 흔적은 없다 하지만 슬픔
에서 낙하하는 바로 그 순간이 눈물이 물방울에서 영혼으
로 바뀐 때! 그 단순한 순결에 무슨 3·4조의 음보나 손발
이나 필요하랴

산벚나무가 씻어낸다

다 팽개치고 넉장거리로 눕고 싶다면
꽃핀 산벚나무의 솔개그늘로 가라
빗줄기가 먼저 꽂히겠지만
마음 구부리면 빈 틈이 생기리라
어딘들 곱립든 군식구가 없겠니
그곳에도 두 가닥 기차 레일 같은 운명을 종일 햇빛이
달구어내지
먼저 온 사람은 나무 둥치에 파묻혀 편지를 읽는다
風磬이 소리내는 건 산벚나무도 속삭일 수 있다네
달빛이나 바람이 도와 주지만
올해 더욱 가난해진 산벚나무家

울어라 울어라, 꽃핀 산벚나무가 씻어내는 아우성
봄비가 준비된 밤이다

참나무가족사

신갈, 떡갈, 상수리, 굴참, 갈참, 졸참, 밤나무
모두 참나무 가족이다
그들을 구분해 주는 건 잎의 불완전성,
어느 참나무가 다른 참나무를 탓하랴
樹皮도 가끔 그들의 이름을 불러 주지만
불분명하다
건반을 조심스럽게 두드리는 잎,
편모운동이 즐거운 잎을
휩싸고도는 참나무語의
둥글고 톱날 같은, 두꺼운 북방 엑센트는
외지고 어색해 아직 불편하다

참 이상하지, 참나무 숲의 냄새가 정다운 날은
바람이 참나무 배꼽을 건드린 뒤
  (잎들 모두가 배꼽이라면 참나무의 가가대소는 얼마나
넓은가)
  나무가 푸른 촛불로 바뀔 때이다
  잎으로도 모자라서 온몸으로 흔들릴 때이다
  무슨무슨 갈이니 참이기 전 이미 기도하는 나무인 것을,
  그들 옆에 나란히 서서

팔 벌리고 귀 쫑긋하면 누구나 참나무가 켜주는 촛불이다
너도밤나무이다

황무지에로의 접근

만약 이 땅에 이 나라 넓이만한 황무지가 있다면
언제까지 걷다가,
걷다가 어느새 모래가 흘러가는 강에 왔다
모래 같은 책의 첫 페이지에 도착했다
낯선 모래 서가 뒤에는
바람 때문에 짐작할 만한 목마름이 맨 처음
바람 때문에 책은 운명을 급하게 이야기한다
사실 황무지는 장삼이사의 내면이면서
책의 속살인 것, 그 연약함이여
황무지가 폐허가 아니라 심연이라고 믿는다면
신기루야말로 책의 저자들
지평선까지의 거리인
뒷표지의 기다림을 생각한다면
혼자 있기 위해 필요한 몽리면적을 생각한다면
내가 가진 사막은 자꾸 넓어져야 한다
선인장의 뾰족한 시선을 견디지 못하는 앝은
각주가 많은 흉터이다
책갈피로 오래 사용한 모래 언덕 너머
뭉치고 흩어지는 구름의 판본에는

가둘 수 없는 정신의 배후인 의심이 있다
먼지투성이 의심들!

황무지란 바람을 숨긴 이름이기도 하다

별처럼 많은 호수가 널린 성숙해 너머 황하의 발원지가
있다 물론 길도 짐승도 없다 냄새마저 없다 내 심장은 황
무지의 일부인 양 무겁게 뛰었다 장강의 발원지도 근처이
다 티브이 해설자는 바람만 가끔 손님인 양 들르는 그곳을
당나라 때부터 지금까지 변한 게 없다고 말한다 어찌 당나
라 뿐이랴 허지만 황하와 장강의 발원지라니! 소동파와 이
백의 일생에서 장강 상류로의 여행이란 괴테의 이탈리아
기행처럼 반드시 거쳐야 하는 시인의 의무이다 장강의 시
원에는 황무지가 오히려 맞춤한 풍광이다 바람처럼 아름다
운 곳이다 바람이 세우고 바람이 허무는 사원처럼 가장 빛
나는 곳은 가장 스산한 것의 속셈! 제 안에 놀라움을 숨기
려면 무엇보다 몇천 년은 자신을 비워야 하지 않을까 바람
만 찾아와서 머무는 곳, 귀기울이면 아무 소리도 들리지
않는다 의미없는 아지랑이 같은 고요, 손바닥을 슬쩍 허공
에 부딪쳐 보는 고요의 간이역을 황무지라 부르겠다

이문재

일본여관 외

1959년 경기 김포 출생
1982년 동인지 《시운동》에 시를 발표하며 등단
시집 《내 젖은 구두 벗어 해에게 보여줄 때》
《산책시편》《마음의 오지》등
제6회 김달진문학상 수상

일본여관

내륙에서 바다로 향하는 기차가 지나간다
후루룩, 황급하게 면발을 집어넣는 고단한 입처럼
터널이 동해남부선을 빨아들인다
밤에 도계(道界)를 넘어간다
잔상으로 남아 있는 시린 차창
기차가 멀어지는 소리가 멀어진다
한바탕 눈이 퍼부을 것 같다
검은 산맥의 능선들이 뒤척인다

국군통합병원 나팔수가 홀로 자정을 밟고 있다
마우스 피스를 입에 대고 무슨 음정을 만든다
휘익, 어둠의 안쪽을 긁고 가는
한 줄기 바람의 끝이 녹슨다
산악이 제 높이만큼 파놓은 계곡보다
이 가을 밤이 훨씬 깊고 길다

돌연, 추락 직전에 생의 빛깔을 되찾은 선명한 나뭇잎들이
깊은 가을 밤의 맨 아래로 착륙한다
한 사람이 한 사람 쪽으로 좀더 가까워지고 싶어한다
지구가 한 칸, 자전한다

농 담

문득 아름다운 것과 마주쳤을 때
지금 곁에 있으면 얼마나 좋을까, 하고
떠오르는 얼굴이 있다면 그대는
사랑하고 있는 것이다

그윽한 풍경이나
제대로 맛을 낸 음식 앞에서
아무도 생각하지 않는 사람
그 사람은 정말 강하거나
아니면 진짜 외로운 사람이다

종소리를 더 멀리 내보내기 위하여
종은 더 아파야 한다

농업박물관 소식
—분교에 봄 오다

트럭 짐칸에 오른다
졸업식 하러 본교 가는 길
열 살 넘어까지 오지에 살았다니
그것만으로도 눈물겹구나
앞산 뒷산 뒷강물 앞강물
꽃망울을 터뜨리려는지 한 움큼씩
더운 것들을 한데 모은다
세상 뿌옇다

낯설지만 동창생 되었구나
이름도 모르는 본교 아이들과 헤어져
먼 집으로 돌아가는 길
대처로 나갈 아이들은 주머니에서
미래를 꺼내 만지작거린다
올해엔 신입생이 없는 분교 운동장에
봄볕이 가득, 쫑알거린다

집으로 돌아가는 아이들
미래로 달음박질치려는 아이들을
다시 불러 중국집으로 들어간다

머리를 그릇에 박고 후루룩

짜장면 한 그릇을 후딱 비운다
너희들이 미래다
이 오지가 끝끝내 미래다
너희들은 곧 돌아오리라, 라고 말하려다가
고량주 한 병을 더 시키고 말았다

꽃들이 문을 활짝 열어 놓고
봄이 봄 밖으로 돌아나가고 있었다

화살기도

이 어린 것을
당신의 형상대로 일어서게 하소서
내가 쏜살같이 날아가 박힐 것입니다
첩첩 바람의 페이지를 뚫고 중력의 터널 끝까지 달려가
거기 검고 둥근 중심에서 으스러질 것입니다
천 년의 하늘 아래, 부르르 온몸을 떨며
내가 죽어갈 환한 과녁
함께 불붙어 스러질 수직의 당신
나는 저 한 줄 기도문으로 나를 당겨 확, 하고
불붙는 유성(流星)이 될 것입니다

천 년 등대

한 천 년 한하고
거기 가서 멈추자
그곳, 바다의 천정에 정수리가 닿는
암초들의 눈매 매서운 곳
밤마다 배를 잡아 먹는
바다의 검은 아가리

닻을 내리면서부터
나는 배가 아니다
등대에 불을 켜는 순간부터
나는 배가 아니다
바다에 떠 있는 작은 땅
천 년의 심지를 꼿꼿이 세운다

저마다 스스로 길인 배를 위하여
수많은 길과 길을 이어 주는 저 길들을 위하여
나는 절대 움직이지 않아야 한다
바다는 신랄하므로 어둠은 가차없으므로
안개는 한치의 빈틈도 없으므로

사람의 길인 배를 위하여
어둠 속에서 어둠을 향하여
언제나 일정한 빛을 내뿜어야 한다

보라, 저 배들은 저마다 뭍이 아닌가
기어코 저보다 더 커다란 육지를 만나려는
작고 외롭고 단단한 땅들
그러나 저 배들, 온몸으로 수면으로 가르는
예리한 칼날이 아니고서는 배가 아니다
바다의 등거죽을 찢지 않는 배는
길이 아니다

바닷새들이 머리에 알을 까고
원양에서 올라온 물고기들이 발치를 간지럽힌다
눈보라가 눈썹에 고드름을 만든다
수면에서 튀어올라오는 땡볕이 온몸을 태운다
대륙붕에 박힌 알이 뿌리를 내린다

연기가 나지 않는 불
그림자를 만들지 않는 빛

그 뜨거운 중심을 지키는
나는 타지 않는 심지
천 년을 한하고 부릅, 눈 뜨고 있다

함민복

전구를 갈며 외

1962년 충북 중원 출생
1988년 《세계의문학》을 통해 등단
시집 《우울씨의 일일》《자본주의의 약속》
《모든 경계에는 꽃이 핀다》 등
1998년 오늘의 젊은 예술가상 수상

전구를 갈며

잠시 빛을 뽑고 다섯 손가락으로 어둠을 돌려
삼십 촉 전구를 육십 촉으로 갈면

십자가에 못 박혀 있는 예수는 더 밝게 못 박히고
십자가는 삼십 촉만큼 더 확실히 벽에 못 박힌다
시계는 더 잘 보이나 시간은 같은 속도로 흐르고
의자는 그대로 선 채 앉아 있으며
침대는 더 분명하게 누워 있다
방 안의 그림자는 더 색득해지고
창 밖 어둠은 삼십 촉만큼 뒤로 물러선다

도대체 삼십 촉만큼의 어둠은 어디로 갔는가
내 마음으로 스며 마음이 어두워져
풍경이 밝아져 보이는가
내 마음의 어둠도 삼십 촉 소멸되어 마음이 밝아져
풍경도 밝아져 보이는가

어둠이 빛에 쫓겨 어둠의 진영으로 도망쳤다면
빛의 어둠을 옮겨 주는 발이란 말인가
십자가에 못 박혀 벽에 못 박혀 있는 깡마른 예수여

연꽃에 앉아 법당에 앉아 있을 뚱뚱한 부처여
죽음을 돌려 삶을 밝힐 수밖에 없단 말인가

잠시 다섯 손가락으로 빛을 돌려 어둠을 켜고
삼십 촉 전구를 육십 촉으로 갈면

김포평야

김포평야에 아파트들이 잘 자라고 있다

논과 밭을 일군다는 일은
가능한 한 땅에 수평을 잡는 일
바다에서의 삶은 말 그대로 수평에서의 삶
수천 년 걸쳐 만들어진 농토에
수직의 아파트 건물이 들어서고 있다
농촌을 모방하는 도시의 문명
엘리베이터와 계단 통로, 그 수직의 골목

잊었는가 바벨탑
보라 한 건물을 쌓아 올린 언어의 벽돌
만리장성, 파리 크라상, 던킹 도너츠
차이코프스키, 노바다 야끼……
기와 불사하듯 세계 도처에서 쌓아 올리고 있는
이진법의 언어로 이룩된
컴퓨터 데스크搭

이제 농촌이 도시를 베끼리라
아파트 논이 생겨

엘리베이터 타고 고층 논을 오르내리게 되리라
바다가 층층이 나누어지리라
그렇게 수평이 수직을 다 모방하게 되는 날
온 세상은 거대한 하나의 탑이 되고 말리라

김포평야 물 괸 논에 아파트 그림자 빼곡하다

개밥그릇

사월 초파일
傳燈寺에서 淨水寺까지
공양 드리러 가는 보살님 차를 얻어 탔다
토마토 가지 호박 늦은 모종을 안고

십 리를 더 걸어와
흙 파고 물 붓고
뿌리에 마지막 햇살 넣고 흙 넣고
해도 燈처럼 물〔水〕처럼 날이 맑아

개밥그릇을 말갛게 닦아 주고 싶었다
부처님 오신 날인데 나도
수돗가에 앉아 陶를 닦았다
고개 갸웃갸웃 쳐다보던 흰 개

없다니까!
그 그림자가 그릇의 맛이야
수백 번 혓바닥으로 핥아도 아직 지울 수

햇살이 담길수록 그릇이 가벼웠다

보따리

장날인지
한 시간 걸려 버스가 읍내에 도착하면
저것 내 것! 저것 내 것!!
보따리 들고 내리는 할머니들보다
좀더 젊은 할머니들
보따리를 향해 버스 문을 후벼판다

휜 허리로 짐 보따리를 내리는
몸집보다 큰 익모초 단을 내리는
할머니들의 쪼그락
손

저 작은 보자기
수만 번 꾸렸다 폈다 했을
저 작은 보따리

어느 겨울 밤
흘린
눈물
한 줌

꾸렸을
저
보따리가,

어느 여름 날

댓돌에 제비 똥 허옇다
저, 똥꽃.
치우지 말자
어미 날개에 힘 붙게
새끼들
눈빛 처마에 꽂고 떠나게

허공의 손

하루 먹는 소금의 양을 쉽게 알 수 있고
더 오래 혼자 밥을 먹으면
나무가 될 것 같은

혼자 사는
나의 죽음은
어느 날
우편배달부에 의해 발견되리라

죽을 때
나는
어머니를 떠올렸던 허공의
손을 잡고
쓰러지리라

그러면
내가 죽여 내 몸을 만들어 온
닭이
토끼가
오이가

쌀이
상추가
움켜쥐었던

허공이
어머니의 손이 되어,
되어 주어
내 손을 잡아 주리라

추천우수작

황인숙
폭풍 속으로 1 외

1958년 서울 출생
1984년 《경향신문》 신춘문예를 통해 등단
시집 《새는 하늘을 자유롭게 풀어놓고》《슬픔이 나를 깨운다》
《우리는 철새처럼 만났다》《나의 침울한, 소중한 이여》 등
제12회 동서문학상 수상

폭풍 속으로 1

나뭇잎들이, 나뭇가지들이 파르르르 떨며
숨을 들이킨다
색색거리며 할딱거리며, 툭, 금방 끊어질 듯
팽팽히 당겨져, 부풀어, 터질 듯이
파르르르 떨며 흡! 흡!
하늘과 땅의 광막한 사이가
모세관처럼 좁다는 듯 흡! 흡!
흡! 흡! 흡! 거대한, 흡!

시리다

그는 꽥! 소리라도 지른 듯 눈에 들어온다.
길거리에서 윗도리를 벗고 있으니까,
그 벗은 웃통을 꿇은 무릎 위로 뻗고 있으니까,
지금은 10월이니까.

시몬, 네 등은 눈처럼 희다.
붉은 화상이 단풍처럼
제 등마루에 구르고 있다.

차가운 바람이 훅! 끼친다.
길 위에 납짝 엎드린 가랑잎이
팔랑 뒤챈다.
시몬, 네 등은
눈처럼, 눈처럼 희다.

10월

아침까지 비가 내렸다.
비들이 굵은 모래알들을
속속들이 샅샅이 깨끗이 씻어내고
땅속으로 빠져나갔다.
어제와 다른
모래밭 위에 비둘기들이 옹기종기 서 있었다.
　　　어딘지 한 대 맞은 듯한 얼굴로
　　　어딘지 서늘하기도 한 얼굴로
차가운 노랑 모래알들을
꽉 움켜쥐고 있다.

명아주

어렸을 때 명아주밭에 들어선 적이 있다.
그 잎이 보드라웠던 듯도 하고 까실했던 듯도 하다.
굳은 얼굴이었던 듯도 하고 나른한 얼굴이었던 듯도 하다.
건강했었던 듯도 하고 생기 없었던 듯도 하다.
지금 무슨 냄새를 맡았는데,
설명할 수는 없지만 명아주 냄새다.
키가 컸었던 듯도 하고 작았었던 듯도 하다.
근처에 가시철망이 있었던 듯도 하고
연탄재가 뒹굴었던 듯도 하다.
호박꽃이 피었던 듯도 하고 저녁이었던 듯도 하고
교회 종소리가 들렸던 듯도 하다.
우리 동네였던 듯도 하고 아니었던 듯도 하고
하늘 높이 새털구름이 떠 있었던 듯도 하고
아무튼 나지막이
명아주밭이었다. 한두 번이 아니었던 듯도 하고.

조용한 이웃

부엌에 서서
창 밖을 내다본다.
높다랗게 난 작은 창 너머에
나무들이 살고 있다.
나는 이따금 그들의 살림살이를 들여다본다.
잘 보이지는 않는다.
까치집 세 개와 굴뚝 하나는
그들의 살림일까?
꽁지를 까닥거리는 까치 두 마리는?
그 나무들은 수수하게 사는 것 같다.
잔가지들이 무수히 많고 본줄기도 가늘다.
하늘은 그들의 부엌.
지금의 식사는 얇게 저미서 차갑게 식힌 햇살이다.
그리고 봄기운을 한두 방울 떨군
잔잔한 바람을 천천히 오래도록 삼키는 것이다.

막다른 골목

문은 헤맨다
열려야 할지 말아야 할지
그토록 완강하게
그는 문을 흔들고 있다
문은 정신이 하나도 없다
그는 부술 듯이 문을 두드린다
문은 흔들리면서
저항한다
나는 몰라, 너를 모른다구! 알고 싶지도 않고
그는 헤맨다
여태껏도 헤매다 그는 우연히 이 문을 만났다
그는 문을 흔들고 두들기면서
자기가 왜 이러는지 헤맨다
문의 완강한 거부만이
그의 완강함의 명분이다
깊은 새벽 막다른 골목길을
그와 문이 흔들고 있다.

기수상시인 우수작

정호승

새점을 치며 외

1950년 경남 하동 출생
1973년 《대한매일》 신춘문예를 통해 등단
시집 《슬픔이 기쁨에게》 《서울의 예수》
《새벽 편지》 《별들은 따뜻하다》 《사랑하다 죽어버려라》
《외로우니까 사람이다》 《눈물이 나면 기차를 타라》 등
제3회 소월시문학상 수상

새점을 치며

눈 내리는 날
경기도 성남시
모란시장 바닥에 쭈그리고 앉아
천 원짜리 한 장 내밀고
새점을 치면서
어린 새에게 묻는다
나 같은 인간은 맞아 죽어도 싸지만
어떻게 좀 안 되겠느냐고
묻는다
새장에 갇힌
어린 새에게

햇살에게

이른 아침에
먼지를 볼 수 있게 해주셔서 감사합니다
이제는 내가
먼지에 불과하다는 것을 알게 해주셔서 감사합니다
그래도 먼지가 된 나를
하루 종일
찬란하게 비춰 주셔서 감사합니다

소년 부처

경주박물관 앞마당
봉숭아도 맨드라미도 피어 있는 화단가
목 잘린 돌부처들 나란히 앉아
햇살에 눈부시다

여름방학을 맞은 초등학생들
조르르 관광버스에서 내려
머리 없는 돌부처들한테 다가가
자기 머리를 얹어 본다

소년 부처다
누구나 일생에 한 번씩은
부처가 되어 보라고
부처님들 일찍이 자기 목을 잘랐구나

햇살 속으로

경주박물관에 가면
몸은 온 데 간 데 없고
돌부처의 머리만 길가에
쓸쓸히 앉아 있다

나는 어느 여름날
아내와 양산을 받쳐쓰고
그 돌부처의 머리를 한참 동안 쳐다보다가
내 머리를 그 자리에 떼어놓고
돌부처의 머리를 내 머리에 얹고는
천천히 길을 걸었다

봉숭아 꽃잎을 바라보며
햇살 속으로

서대문공원

서대문공원에 가면
사람을 자식으로 둔 나무가 있다

폐허인 양 외따로 떨어져 있는
사형 집행장 정문 앞
유난히 바람에 흔들리는
미루나무

미루나무는 말했다
사형 집행이 있는 날이면
애써 눈물은 감추고 말했다

그래 그래
네가 바로 내 아들이다
그래 그래
네가 바로 내 딸이다

그렇게 말하고
울지 말고 잘 가라고
몇날 며칠 바람에 몸을 맡겼다

파고다공원

아버지 파고다공원에서
'영정 사진 무료 촬영'이라고 써놓은
플래카드 앞에 줄을 서 계신다
금요일만 되면 낡은 카메라 가방을 들고
무료 봉사 하러 나온다는
중년의 한 사진사가
노인들의 영정 사진을 열심히 찍고 있다
노인들은 흐린 햇살 아래 다들 흐리다
곧 비가 올 것 같다
줄의 후미에서 차례를 기다리는 아버지는
사진은 나중에 찍고 콩국수나 먹으러 가시자고 해도
마냥 차례만 기다린다
비둘기가 아버지의 발끝에 와서 땅바닥을 쪼며 노닌다
어디서 연꽃 웃음소리가 들린다
원각사지 십층석탑에 새겨진 연꽃들이 걸어나와
사진 찍는 아버지 곁에 앉아 함께 사진을 찍는다
사람이 영정 사진을 준비해야 하는 나이가 되면
부처님께 밥 한 그릇을 올려야 하는가
빗방울이 떨어진다

소나기다
나는 아버지와 비를 맞으며 종로 거리를 걷다가
양념통닭집으로 들어간다
아버지는 무료로 영정 사진을 찍었다고
이제는 더 이상 준비해야 할 일이 없다고
열심히 양념통닭만 잡수신다

시인 김혜순과 그의 작품세계

수상소감
김혜순/그 시리게 섧던 시인의 이름으로

■

자전적 에세이
김혜순/2000년 4월 17일, 태양 지우개님이 싹싹 지워주실 나의 하루

■

시인 김혜순을 말한다
이광호/너라는 죽음, 혹은 움직이는 부재
문혜원/구멍이 숭숭 뚫린 시 안으로 들어가기

그 시리게 섫던 시인의 이름으로

나는 한동안 내 시가 소월과 같은 우리 나라의 서정시와는
다르다고 생각한 적이 있었다. 그러나 어느 날
소월 시를 다시 읽으면서 나는 놀랐다. 내 시도 소월의 식민지 의식과
다를 바 없는 분열의 의식을 고스란히 가지고 있지 않은가.

김 혜 순

소월이란 이름은 고유명사가 아니라 보통명사다. 누군가 '소월'이라고 그의 이름을 부르면, 우리는 그 누군가가 우리 나라 서정시를 호명한 것인 양 그렇게 듣는다. 그가 선취한 우리 나라 서정시의 내용과 형식은 아직도 유효하다. 왜 그런가? 소월은 식민지에 살고 있었다. 영토적, 육체적 식민지인의 삶이 어떠했는지 우리는 모른다. 그러나 그가 식민지인임을 자각한 순간, 그는 타자성을 가질 수밖에 없었고, 그리고 여성성이라고 이름 붙일 수밖에 없는 목소리가 당위적으로 흘러나올 수밖에 없었으리라는 것을 우리는 짐작할 수 있다. 소월의 목소리는 시 속에서 분열되어 있다. 그의 시 속에서 한 사람은 웃고, 한 사람은 운다. 한 사람은 해학이고, 한 사람은 정한(情恨)이다. 한 사람은 떠나고, 한 사람은 기다린다. 소월은 주체를 분열하여, 그 분

열린 주체를 따라가며, 한국의 서정을 운다. 그것도 가장 아름답고 구슬픈 목소리로 운다. 아니다. 그는 스스로 님이라고 부르는 그 자리에 서서, 서럽게 우는 또 한 사람의 소월을 막막하게 조소한다. 그 이중적 주체의 울음과 웃음 속에 한국인의 정서가 고스란히 들어 있다. 그리고 한국 근대시의 서두라 명명할 수 있는 기제가 고스란히 숨어 있다. 그는 남성으로서 여성의 목소리를 낸 것이 아니라, 무의식 속에 든 여성의 목소리를 자연스럽게 끌어내었다. 물론 소월이 끌어낸 그 여성의 목소리는 유사 이래 우리 나라 서정시가 품었던 본래적 모습이었다.

나는 한동안 내 시가 소월과 같은 우리 나라의 서정시와는 다르다고 생각한 적이 있었다. 그러나 어느 날 소월 시를 다시 읽으면서 나는 놀랐다. 내 시도 소월의 식민지 의식과 다를 바 없는 분열의 의식을 고스란히 가지고 있지 않은가. 나는 여성이며, 한국 사람이다. 나의 시에도 감출래야 감출 수 없는 타자성이 고스란히 들어 있다. 나는 그 타자성으로 시 안에서 울고 웃는다. 나는 한동안 한국의 일제 시대 선배 시인들의 시를 의식적으로 읽지 않았다. 그러나 어느 순간 그들을 읽지 않는 것이 나에게 숨어 있는 또 하나의 식민지 근성이라는 것을 알았다. 그리고 어떤 계기가 찾아와서 소월서부터 연대를 따라 시들을 읽어 내려 오면서 한없는 역설적 행복감을 느꼈다. 그들에게서 나에게로 면면히 이어져 내려오는 동질감, 공통의 정서를 발견한 것이다. 시 한 편 한 편의 독립성을 세우고, 자신들의 존재를 시대와 비벼 넓히며 우리말의 결에 몸 부비던

찬란한 시인들의 고독, 그 중에서도 여성시인인 나를 가장
몸둘 바 모르게 했던, 가장 징그러운 이름, 그 젊고 시리고
섧던 소월의 이름으로 상을 받는다니. 심사위원 선생님들
께 감사드린다.

2000년 4월 17일,
태양지우개님이 싹싹 지워주실 나의 하루

내가 나를 초월하는 것이 아니라 내 몸이 나를 초월해 간다.
나는 생각지도 않다가 내 몸이 우는 소리를 듣기도 한다. 내 몸이 어떤
간절함으로 스스로 울 때는 고매한 정신의 소유자(?)라고 자처하는 나도
어쩔 수 없다. 내 몸이 우는 소리를 듣고 있는 수밖에.

김 혜 순

거울 에 혀를 대본다. 비릿하다. 이 거울을 밀면 순간적으로 저 거울 속의 여자를 제치고 지금 내게는 보이지 않는 저 세상 속으로 사라질 것만 같다. 거울을 세차게 다시 밀어 본다. 혀를 다시 대본다. 비릿하다. 거울에 이마를 대고 있어 본다. 여기 이렇게 서 있는 존재, 이 무거운 존재가 나인가. 그렇다면 거울 속의 저 여자는 누구인가. 어제는 어디로 갔는가. 내일은 어디로 갔는가. 나는 과연 있는가.

바다 는 무서웠다. 한 십 리쯤 걸어가면 거기 바다가 있었다. 바다 앞에 서면 언제나 바다는 내 키보다 높은 곳에 우뚝 서서, '너를 기다렸다'고 으르렁거렸다. 나는 무서워서 숨이 멎었다. 지금도 그 증세는 사라지지 않았다. 바다 앞에 가면 나는 내 몸에게 숨쉬는 법을 다시 가르쳐 줘야 한다. 눈물을 흘리며 집을 뛰쳐나가는 엄마를 따라갔다. 종종걸음으로 어딘가를 향해 뛰어가는 세상에서 제일 아름다운 엄마의 시린 치맛자락. 그 치맛자락이 소나무 밭 사이를 지나 바다에 이르렀다. 나는 숨이 따악 멈추어진 채 소나무 등걸을 끌어안고 바다의 리듬에 따라 어깨를 들썩거리는 엄마를 훔쳤다. 나는 그 거리의 유일한 2층 집에 살고 있었다. 외갓집이었다. 옆의 전매청 건물에서 올라온 포도나무 등걸이 아래층 지붕에다 포도알들을 올려놓고 햇빛에 익히고 있었다. 밤이면 나 혼자 일본말로 된 책이 가득 찬 2층에 누워 있었다. 젖이 말라 버린 엄마가 동생에게 암죽을 끓여 주려고 널어놓은 백설기들이 달밤에 하얗게 빛나는 복도를 앞에 두고 나는 누워 있었다. 아래층에서는 외할아버지의 커다란 괘종시계가 집 안을 걸어다니고 있었다. 밤마다 나는 파도소리를 들었다. 어느 땐 내 몸 속에서 파도가 끓었다. 내 귓바퀴 밖으로 끓어 넘치는 바다가 쏟아질 것 같기도 했다. 자꾸만 침이 나왔다. 낮이 되어서는 침을 뱉느라 걸음을 옮길 수 없게 되었다. 조회 시간마다 픽픽 쓰러졌다. 노란 바다가 나를 덮친다고 생각한 순간, 그만 의식을 놓기 일쑤였다. 지금도 알코올이 너무 많이 내 몸 속에 들어가면 갑자기 머릿속에서 노란 파도가 출렁거린다. 아주 오랜 시간이 지나서야 외할머니는 내게 결핵성 늑막염이 재발했다는 것을 알았다. 그리고 내 몸 속에 들어와 밤마다 출렁거리던 파도는 영양실조에 의한 환청으로 판정되었다.

아침커피 는 '어젯밤'을 압착기에 넣고 눌러 짠 모습 그대로 내 앞에 놓여 있다. 불면의 밤은 사라지지 않고 이렇게 뜨겁게 응축되었다. 나는 오늘 아침, 나의 불면이 들어찬 잔을 들어서 마신다. 그러자 내 몸 안에 남아 있던 잠을 부르던 불쌍한 여자가 슬머시 자리를 뜬다.

바람 이 내 몸 속을 돌게 해야겠다. Perfect Love로부터 시작하는 테이프를 카세트에 꽂는다. 집이 있는 샛길을 벗어난다. 시동을 걸 때부터 나는 노래가 불어 주는 바람에 녹기 시작한다. 이 테이프엔 살갗을 스치는 바람과 몸을 두들기는 바람과 등을 떠밀어 공중에 내 몸을 던지는 바람과 햇볕 속에 숨어 길게 몸을 누인 채 지그시 응시만 하는 나른한 바람과 Ruby Tuesday의 반짝이는 바람이 모두 들어 있다. 바람이 자동차 안에서 불다가 잦아들다가 다시 분다. 이 바람은 점액질이다. 나는 바람 속에서 녹는다. 나를 녹이면서 자동차는 한강을 지우고, 제3터널을 지운다. 나는 강을 어떻게 건너고, 산 속을 어떻게 지나고, 차선을 어떻게 바꾸었는지 아무것도 기억하지 못한다. 자동차에서 내려 사무실이 있는 건물 안으로 들어서려면 내 몸을 다시 고체로 재생시키고, 굳혀야 한다. 나는 점액질의 몸을 다시 단단한 교수의 육체로 조립해야 한다. 차에서 내리기 싫다. 그냥 녹은 채 머무르다 어딘가로 스며들어 가고 싶다. 장미 꽃다발 속 같은 곳으로.

연구관 2동 의 여름에도 을씨년스러운, 구석진 강의
실에서 나는 시인의 Prehension의 시각
들, 거리 조정에 대해서 말한다. 나이가 많은 여학생이 묻
는다. '교수님, 그것도 자꾸 하다 보면 느는 것인가요?' 벽
에 매달린 선풍기들이 검은 봉지를 뒤집어쓰고, 그 질문에
웃어대는 학생들과 나를 내려다보고 있다. 한참 있다가 나
는 한 남학생에게 '그녀가 비처럼 온다는데, 그녀의 어떤
모습, 어떻게 오는 모습을 말하려는 거니?' 하고 묻는다.
그러자 남학생이 한참 고개를 숙이고 있다가 대답한다.
'단두대처럼 오는 거예요.' 모든 학생들이 박장대소하는데
남학생은 자못 어둡다. 나는 여러 가지 언술 방법의 차이
에 대해서도 떠들기 시작한다. 그런데 그 예를 무너지는
백화점으로 든다. 설명을 하면서 괜히 이런 예를 들기 시
작했다고 마음속으로 후회한다. 그러나 늦었다. 나는 분홍
색 백화점이 주저앉는 장면을 입으로 묘사하기 시작했다,
이미. 사람들이 구덩이 속으로 던져지기 시작했다, 이미.

내 이름 을 누군가 부른다. 전화를 받으라고 한다. 방
학 동안 땀 흘리고 썼던 글을 책에 넣을 수
없단다. 다른 사람들은 신변잡기로 썼는데, 나는 정공법으
로 썼기 때문에 내 글은 뺀단다. 그래, 잘은 모르지만 우리
나라에서 나는 '정공법' 쓰는 것 때문에 망하는 중인 건 틀
림없다. 내가 《동아일보》 신춘문예 평론 부문 상을 받으러
갔을 때, 나는 대학 4년짜리였다. 기억도 할 수 없는 어떤
선생님이 내게로 다가오더니 '아니, 식모 이름으로 어떻게

평론가를 해먹어?' 했다. 그 이름을 아직도 사람들이 부른
다. 나는 집에서 내 이름에 얽힌 이야기를 자주 말한다. 원
래 아버지가 내게 지어 주신 이름은 '김정경'이었다. 그런
데 할아버지가 호적에 올릴 때 마음대로 바꾸셨다고 들었
다. 나의 딸이 내 이름을 '캡쏭 킴'으로 바꾸란다. 캡쏭과
킴 사이에는 자기가 아는 좋은 뜻의 형용사가 A4용지로 10
장쯤 들어간단다. 이를테면 ultra, great, beautiful, famous,
intelligent 같은 단어 말이다. 그래서 누군가 내게 이름을
물으면 '캡쏭 하고 A4용지 10장을 내밀고 '킴'이라고 하란
다. 아무래도 외국 세미나에 갈 때는 명함만 한 트렁크 들
고 가야 하지 않을까.

목소리 가 들린다. 밖에서 들리는가 하고 주위를 살펴
보지만, 내 안에서 내 밖으로 나가지 못하는 목
소리가 있다. 나는 너의 목소리를 내보내지 않고 내 속에
꽁꽁 넣어 두는가 보다. 우리의 감각 중에 가장 리와인드
를 잘 하는 것이 청각이다. 심안(心眼)이라는 것이 있다는
데, 심이(心耳)라는 것도 있나 보다. 나는 책을 읽듯이 너
의 목소리를 읽는다. 읽은 데를 다시 읽고 또 읽는다. 그
목소리가 '그러면 아프잖아' 하기도 하고, '오늘은 약속이
있어' 하기도 한다.

병 (病)은 답장이다. 상대방은 보내지 않았는데 나는 답
장을 받는다. 학교에 가지 않고 내가 책을 읽고 있다.
책 말고도 종이에 글씨가 씌어진 것은 모조리 갖다 놓고

읽는다. 그것이 어떤 것이든 글자만 있으면 나는 모조리 읽는다. 읽고 또 읽는다. 고기를 싸온 종이도 읽고, 창 밖을 내다보며 간판도 읽는다. 아파서 학교에도 못 가고 책만 읽는다. 친구네 집에서 정음사, 을유문화사 세계문학전집을 빌어다 놓고 모조리 읽는다. 얼마나 번역이 잘못되었는지, 좋은 작품인지, 그렇지 않은지, 그런 것은 따져 보지도 않고 모조리 읽는다. 전후 세계문학전집도 읽고, 백과사전도 읽는다. 아픈 내 몸은 읽지 않고, 책만 읽는다. 내 병실의 옆 침대에서 처녀가 죽는다. 그녀는 남의 집살이를 하던 중에 2층 유리를 닦다 떨어져 병원에 실려온 고아 처녀였다. 처녀가 죽은 날도 나는 책을 읽는다. 복학하고 나서도 수업 시간에 들어가 강의는 하나도 안 듣고, 이제는 도서관의 책들을 읽는다. 그러다가 아픈 몸이 소리를 내지르기 시작하자, 들을 수조차 없을 만큼 공포에 찬 비명을 내지르기 시작하자, 그것이 내 몸이 나에게 내지르는 답장이라고 생각하자 나는 아픈 내 몸을 읽기 시작한다. 내 몸이 나에게 쓴 답장을 읽는다. 그러자 병이 낫고 나는 책 대신에 영화를 보러 다닌다. 친구도 없고, 선배도 없고 나는 혼자 영화나 보면서 돌아다닌다. 딴 세상에 있다가 혼자 어두워진 거리로 뛰쳐나온다. 밖이 어두워지지 않았으면 극장으로 다시 들어가 본 영화를 또 본다. 가끔 다른 학교 도서관에 가서 미술전집을 보기도 한다.

딸기 주스 를 마시면서 우리는 새로운 민중들에 대해서 떠든다. 한 친구가 말한다. 인터넷이라고 다 열어 놓은 것 같지만 사실 들어가 보면 비밀 ID를 요구해. 안식년 받아서 미국 대학 기숙사 좀 빌려서 한 일 년 살려고 했더니, 여기선 안 되더라구. 더 이상 들어갈 수 없어. 미국이 아주 심해. 겉으론 다 열어 놓고 사는 척하지만, 끼리끼리 해먹는 게 유행인가 봐. 새로운 지역주의가 탄생하는 거야. 또 한 친구가 말한다. 우리 나라에선 상대적 선택도 할 수 없게 만들어. 지난 선거 때 봐. 상대적 선택을 할 수도 없는 지경이었어. 나, 그래서 투표 못했어. 또 한 친구가 말한다. 독자를 믿을 수 있어? 독자를 믿지 않는 작가가 진짜 작가일 거야. 제 안의 문학이 시키는 대로 가는 거지 뭐. 우리는 인터넷 민주 사회라는 이름하에 새롭게 생성되는 수많은 괴물들의 정체를 밝혀 보려고 안간힘을 쓰다가 딸기 주스를 한 잔씩 더 청해 마시고 각자의 집으로 저녁 지으러 간다.

몸은 박동이다. 내 몸은 나를 초월해 은근히 자신을 증명하기를 좋아하는 것 같다. 저 혼자 움직여, 한 달을 주기로 순환한다. 그렇다고 늘 같은 궤도를 그리지도 않는다. 몸은 저 혼자 고동치면서, 제 프로그램대로 움직여 간다. 내가 나를 초월하는 것이 아니라 내 몸이 나를 초월해 간다. 나는 생각지도 않다가 내 몸이 우는 소리를 듣기도 한다. 내 몸이 어떤 간절함으로 스스로 울 때는 고매한 정신의 소유자(?)라고 자처하는 나도 어쩔 수 없다. 내 몸이 우는 소리를 듣고 있는 수밖에. 아니면 내 몸을 위해 나도 우는 수밖에. 수화기를 내려놓고 나는 운다. 자동차를 타고 집으로 가면서도 클랙슨 위에다 눈물을 떨군다.

다시 **몸,** 파도가 밀려왔다. 처음엔 한 시간에 한 번씩, 그러다가 삼십 분에 한 번씩, 십 분에 한 번씩. 다시 그러다가 점점 빨라져서 나중에는 삼 초에 한 번씩. 나는 내 몸의 프로그램이 진행하는 대로 내버려둘 수밖에 없었다. 나는 무언가를 기다리고 있었다. 내가 명령하지 않았는데도 몸은 나를 파도에 담갔다 꺼내기를 반복했다. 몸은 스스로 열었다, 조이며 다시 펴졌다. 그리고 스스로 자신의 한계를 무너뜨렸다. 나는 바다보다 넓어지고, 번개보다 좁아졌다. 나는 가을 하늘처럼 비었다가 천둥처럼 꽉 찼다. 그리고 나는 나의 이 시간 이전의 삶 모두를 잊었다. 모든 것을 정리했다. 나는 더 이상 그렇고 그런 여자가 아니었다. 나는 땀으로 범벅이 된 채 정화되었다. 나는 내 몸이 스스로 만들어 낸 폭력의 정점에서, 공포의 정점에서 새로 태어난 나를 보았다. 딸이었다. 나는 내가 흘린 피 속에 새로 태어나 누워 있었다. 나는 나를 강보에 싸서 소중히 안고 통쾌하게 웃었다. 내 무덤을 열어 젖을 먹였다.

자동차 안에서 핸들을 쥔 사람들이 모두 퇴근길 정체 속에서 앞만 바라보고 있다. 저 앞에 극장이라도 있는가 보다. 모두 앞을 뚫어져라 바라보고 있다. 나도 그 영화를 본다. 어제도 봤지만 지독히 재미없는 영화다.

닭다리 열 개가 채반에 씻어져 있다. 그 다리에 간이 배라고 소금과 후추를 뿌려 둔다. 조금 있다간 아주 조금 튀김옷을 입힐 것이다. 닭다리만 보면 채만식의 소설 한 구절이 생각난다. 서울 거리를 활보하는 신여성의 다리를 보고 치킨카츠라고 불렀던 그의 식(?)욕을. 나는 이 닭다리 열 개를 뜨거운 기름에 넣고 튀길 예정이다. '튀김'이란 말 속엔 열과 기름과, 거품이 튀어 오르는 소리가 들어 있다. 우리는 '너 나 볶아 먹을 작정이냐?'는 하지만 '너, 나 튀겨 먹을 작정이냐'는 하지 않는다. 튀기면 너고 나고 간에 피차 모두 사라지기 때문이다. 나는 튀김 솥의 온도를 올린다.

밤 이라는 이름의 텅 빈 공허를 안고 나는 잠든다. '내가 들어 줄게' 하고 내가 무거운 짐을 든 밤에게 말했더니, 밤이 '싫어, 싫어' 하고 완강하게 고개를 젓는다. 나는 공허를 안고 돌아눕는다. 왜 우리는 날마다 태초를 다시 시작해야 하고, 날마다 종말의 셔터를 내리고 다시 돌아가 기나긴 종말 이후의 나날을 견뎌야 하는지. 그리고 태초를 다시 시작하려고 그 긴 기체 별의 나날들을 견뎌야 하는지. 잠자도 잠잔 것 같지 않고, 깨어 있어도 깨어 있는 것 같지 않다.

너라는 죽음, 혹은 움직이는 부재

김혜순은 여러 층위의 싸움을 계몽적 차원이 아닌 시적 육체를 통해 밀고 나간 시인이며, 그의 시는 한국의 여성문학이 남성적 담론질서와 관습적 장르의 억압으로부터 어떻게 자신의 언술을 개척해 나가는가를 보여 주는 매우 문제적인 사례이다. (……) 나는 단지 몇 편의 시를 통해 그 궤적의 마디들을 성글게 이어가고자 한다.

이 광 호(문학평론가 · 서울예대 교수)

한국의 여성시인들이 '여류'라는 이름의 굴레를 끊고 여성적 자의식과 언술에 대한 탐구를 시작한 것은 그리 오래된 일이 아니다. 대문자의 역사가 언제나 남성의 역사, 권력의 역사였던 것처럼, 한국 현대문학사를 통해 여성문학은 억압과 소외의 현실로부터 자유롭지 못했다. 선진적인 여성작가들이 없었던 것은 아니지만, 1980년대 이후에야 여성시인들은 남성적 질서와 맞설 수 있는 미학적 가능성을 전면적으로 타진하기 시작했다. 바로 그런 싸움의 한복판에 김혜순의 시가 있었다는 것은 시인에게는 피할 수 없는 저주이자 축복이었으리라. 그러니까 지난 20여 년의 한국 여성시의 미적 투쟁은 김혜순의 시적 궤적과 나란히, 함께 나아간 것이다.

김혜순을 비롯한 한국의 여성시인들이 극복해야 했던 문

학제도적, 문법적 장애는 중층적인 것이었다. 한국의 여성 시인들은 크게 보면 세 가지의 부정적 조건들과 대결해야 했다. 김혜순의 시적 고투를 이해하기 위해서 이 항목들을 우선 짚어 볼 필요가 있다. 우선 하나는 재래적인 서정시의 문법을 전복하는 작업이었다. 이 작업은 이른바 순수한 서정시의 '음풍농월'과 미적 관습이 이 세계의 억압적 질서를 보존하는 데 기여하고 있는가를 드러내는 일과 맞물려 있다. 자연 풍경에 인간적 관점과 정서를 부여하는 작업이 사실은 풍경을 남성적 시선으로 체포하는 작업에 다르지 않다는 것을 보여 줄 필요가 있었다. 그런 전통적 문법을 변용한 90년대적인 '신서정'에 관해서도 결국은 같은 코드에서 움직이는 좀더 세련된 화법의 시라는 관점에서 비판적이지 않을 수 없었다. 그것은 또한 서정시의 주류 문법으로부터 여성시에 대해 가해지는 '난해하고 상스럽지 못하다'는 이념적 편견과 맞서는 일을 의미했다.

두 번째, 이른바 민족·민중문학 이념이 남성 중심적인 이분법적 언술 체계에 물들어 있다는 것을 보여 주는 싸움이 필요했다. 이념적 유토피아를 설정하는 대항문학담론이 사실은 지배체제와 같은 방식의 폭력적인 권력 지향적 담론체계라는 것을 보여 주어야 했다. 그리고 이들로부터 제기되는 요구들, 이를테면 자질구레한 여성적 신변잡기로부터 벗어나 사회와 역사에 관심을 가지라는 명령과 대결하는 작업이 요구되었다. 사실 이 명령은 한국 현대문학 100년, 아니 그 이전 봉건시대 이후 한국문학의 주류 이데올로기를 형성해 온 것이었다. 이런 거대담론 지향적인 문학

이념이 어떻게 문학의 상대적인 자율성을 억압하고 여성문학을 주변화해 왔는지를 비판하는 작업이 요청되었다.

세 번째는, 여성문학 내부의 자해적인 요소들을 걸러내는 작업이다. 이 싸움은 복잡한 양상을 띠고 있기 때문에, 그 전선을 바로 인식하는 것이 어려울 수밖에 없다. 그것들은 이를테면 페미니즘이라는 어사를 등에 업고 창궐하는 페미니즘 상업주의와, 권력 지향적인 형태에 접근하고 있는 슬로건화된 여성 저널리즘의 부정적 양상들이다. 물론 페미니즘이라는 용어 안에 동거하고 있는 수많은 이질적인 입장과 이론들을 생각해 보면, 이런 혼란은 어쩌면 자연스럽고 필요한 것일 수도 있다. 그러나 문제는 이런 여성담론들이 여성적 언술을 개척하기보다는 페미니즘 이데올로기를 상품화·토픽화하는 데 더 적극적이라는 점이다. 그것은 결국 여성문학의 전복적 에너지를 약화시킬 수밖에 없다.

김혜순은 이와 같은 여러 층위의 싸움을 계몽적 차원이 아닌 시적 육체를 통해 밀고 나간 시인으로 평가될 수 있다. 김혜순의 시는 한국의 여성문학이 남성적 담론 질서와 관습적 장르의 억압으로부터 어떻게 자신의 언술을 개척해 나가는가를 보여 주는 매우 문제적인 사례이다. 김혜순의 시가 어떤 궤적을 통해 이 험난한 싸움을 전개해 왔는가를 짧은 지면에서 정리한다는 것은 불가능한 일이다. 시인은 이미 6권의 시집을 상재한 바 있다. 나는 단지 몇 편의 시를 통해 그 궤적의 마디들을 성글게 이어가고자 한다.

눈물 한 방울 들고 가는 여자 있어.

눈물 한 방울 들고 세상을 지우며,
지우며 가는 여자 하나 있어.
눈물 한 방울 들고 제 얼굴도 지우며 가는
여자가 하나 있어.

절름발이 여자가 간다.
부러진 다리에서
부러진 다리를 꺼내며, 꺼내며
여자가 하나 걸어간다

울음아, 네가 끌고 가는 여자가 있어.
그 여자 끌어올리는 뜨거운 리듬이 있어
리듬이 지우며,
지우며 가는 세상이 하나 흐리어 있어.
　　　　　　—〈리듬〉의 전문(《또 다른 별에서》, 1981)

　김혜순 초기 시 속에서 여성적 상상력과 문법은 선명한
형태로 감지되지 않는다. 다만 원형적 이미지와 리듬에 관
한 편향은 두드러져 있다. 그러나 몇 가지 점에서 그것은
재래적인 시문법과 차별화되어 있다. 우선 시인은 시적 대
상을 객관적 풍경이나 어떤 관념으로 파악하는 것을 거부한
다. 이 시 속의 여자는 객관적인 관찰의 대상으로서의 여자
도 아니며, 전통적인 서정시 속에 등장하는 상투적인 이미
지로서의 여자도 아니다. 시인은 그 대상을 자신의 독특한
상상적 영역 안에서 뒤틀어 새롭게 지각(知覺)한다. 물론

'눈물 한 방울 들고 가는 여자'라는 이미지가 재래적인 서
정시 속의 수동적인 여성상을 떠올리게 할 수 있다. 그러나
'세상을 지우며', '제 얼굴도 지우며 가는' 여자는 이미
'한'이라는 전통적 정서 속에 갇혀 있는 여자가 아니다. 더
구나 그 여자는 '절름발이'다. 이 불구성은 수동적인 의미
의 불구성이 아니라, 적극적인 불구성이다. 그것은 우선 훼
손되고 왜곡된 여성성의 자리를 말해 준다. 동시에 그것은
그 절름발이가 일종의 싸움의 전략인 것을 암시한다. '부러
진 다리에서 / 부러진 다리를 꺼내며, 꺼내며' 여자는 가고
있기 때문이다. 그러니까 '그 여자 끌어올리는 뜨거운 리
듬' 혹은 '울음'은 여자를 주저앉히는 것이 아니라, 세상을
지우며 나아가게 만드는 실존적 조건이자 무기이다.

> 죽으면 모두 쳐들어온다
> 일생 동안 먹었던 밥들이
> 일생 동안 뱉었던 말들이
> 일생 동안 누웠던 똥들이
> 일생 동안 마셨던 물들이
> 모두 쳐들어온다
> 몸 속으로 다시 되돌아온다
> 되돌아와서는
> 창자에서
> 목구멍까지 차곡차곡 쌓인다
> 그리하여 이윽고 나는
> 저 바위보다 더 무거운

전세계를 내 몸 속에
담아들고
저 세상으로 빠져들어간다
—〈전세계보다 무거운 시체〉의 전문(《어느 별의 지옥》, 1988)

　김혜순의 시는 80년대 후반으로 오면서 현실에 대한 예
각화된 자의식을 통해 죽음과 몸에 관한 사유를 심화시키
고 있다. 80년대를 통해 죽음은 대개 '광주'로 상징되는
정치적 죽음이거나 혹은 그 죽임에 대항하는 신성한 죽음
이었다. 그리고 다른 한편으로 환경론적 문제의식을 동반
한 생태학적 죽음에 관한 관심이 고조되고 있었다. 그러나
김혜순의 죽음은 정치적인 죽음도 생태학적 죽음도 아니
다. 김혜순의 죽음은 우선 존재론적 조건으로서의 죽음이
다. 이 시 속의 시체는 죽음을 통해 단순히 분해되고 해체
되는 것이 아니다. 그 시체는 죽음으로 채워진다. 더 나아
가 시체는 '전세계를 내 몸 속에/담아들고/저 세상으로
빠져들어간다'. 이 문장은 여성의 몸이 죽음을 통해 어떻
게 세계를 껴안고 세계를 낳는가를 보여 준다. 김혜순에게
있어 죽음은 단순히 없음의 공간이 아니다. 그것은 무언가
가 가득 차 있는 가능성의 공간이며, 모든 것을 받아들이
는 공간이다. 받아들이면서 그것은 '저 세상'으로 빠져들
어간다. 이때 '빠져들어가'는 것은 능동적 행위인가? 이 불
안정한 문장은 그 행위가 능동적인 것이면서 동시에 필연
적인 것임을 암시한다. 그 능동적인 측면을 부각시키자면,
죽음의 저 너머로 세계를 이끄는 것은 바로 여성적인 몸이

라고 할 수 있다. 여성의 몸이야말로 모든 것을 채울 수 있는 부재의 공간, 죽음을 살아 있게 하는, 죽음으로써 살게 만드는 것이기 때문이다.

　미궁의 유리문이 점점 늘어난다. 길 위에 길이 세워지고, 물길 아래 물길이 세워진다. 너는 늘 떠나지만 멀리 가지 못하고 늘 제자리로 돌아온다. 새로운 길을 개척해 보려 하지만, 늘 역시 그 자리로 돌아온다. 벙어리 네 그림자는 말하리라. 땅바닥에 누워 네 바짓가랑이를 잡고 늘어져서 말하리라. 이 길로 가서는 안 돼요. 그림자 언제나 길은 틀렸어요 말한다. 날마다 복선이 증가한다. 유리벽에 뭘 새길 수 있단 말인가. 그러나 너는 유리벽에 매달려 뭔가 새기려 하고 있구나. 꿈속에 있으면서 꿈속에 전령을 보내려고, 헛되이 허공 중에 고운 얼굴을 새기고 있구나, 미로는 날마다 골목 끝에서 유리문을 세운다. 이 몸을 깨뜨리고 어떻게 밖으로 나가지? 내 몸 밖에서 누가 나를 아직도 부르고 있는데…

　　　　　　　　　　─〈서울〉의 부분(《나의 우파니샤드, 서울》, 1994)

　90년대의 김혜순은 독특한 몸의 시학을 통해 안과 밖이 구분되지 않는 부풀린 몸집의 현실을 그려낸다. 이제 공간에 관한 시인의 상상력은 한층 폭넓은 시적 설계도를 갖추게 되었다. 김혜순의 몸의 상상력의 독특함은 그가 생태학적 논리에 기대지 않은 채, 경험세계의 구체적인 시간과 공간 안에서 몸의 현실을 묘사하는 데 있다. '서울'이라는 공간에 대한 김혜순의 시적 묘사는 그로테스크한 죽음의 세계와 묵시록적 징후와 폭발적인 관능의 세계가 뒤섞여 있다.

이 시에서 서울이라는 공간은 유리문으로 구성된 미궁의 공간으로 묘사된다. 유리는 투명함을 그 기본적 성격으로 하지만, 그것은 또한 단절과 소외의 공간을 설정하는 이미지이다. 시인은 '욕망의 총체'인 서울의 현실을 유리문으로 이루어진 닫혀 있는 비대한 몸의 공간으로 표상한다. 미궁 안의 방들은 열려 있으면서 닫혀 있고, 입구가 출구이고 출구가 입구인 공간이다. 그 공간에서는 바깥은 존재하지 않는다. 출구가 없는 공간 속의 사람들은 '설탕병에 빠진 개미', '실뭉치 속의 파리'처럼 비대한 서울의 몸 안에 갇혀 있을 수밖에 없다.

김혜순에게 독특한 것은 그 미궁의 세계를 몸의 확장과 중첩이 만들어 내는 세계로 보는 데 있다. 그 미궁의 세계는 '나'의 몸 안의 세계의 확장일 뿐이다. 그래서 서울의 공간은 내 몸의 공간이며, 세계의 부정성은 내 몸의 부정성이다. 그에게 있어 몸의 현실은 안과 밖, 나와 너, 주체와 대상, 꿈과 현실이 구별되지 않는 공간이다.

그런데 마지막 "내 몸 밖에서 누가 나를 아직도 부르고 있는데…"라는 진술은 어떻게 해석될 수 있을까? 그것은 바깥으로의 꿈이 불가능하다는 것을 넘어서(나는 그 이전에 이 시에 대해 그렇게 해석한 적이 있다), 서울의 몸 저 바깥을 응시하는 여성적 자아의 목소리라고 할 수 있다. 이때 바깥은 물론 미궁 안에 숨어 있는 바깥들과 다른 차원의 바깥이며, 미궁 전체를 죽음으로 떠메고 갈 수 있는 낯선 공간으로서의 바깥이다.

　　검은 봉투 속에 밀봉된 채 악몽의 풍경 속을
　　기차를 타고 갔었지요 달아났었지요
　　잘려진 손톱처럼 날카로운 산의 나무들
　　핏빛 파도를 닦은 생리대와
　　사각의 푸른 종이 상자에서 툭툭 튿어지던 희디흰 크리넥스
　　처럼 내려앉은 저녁의 날개 없는 새들
　　머나먼 레일처럼 도르르 말린 필름
　　내 몸 속 어딘가에서 송출하는 영화
　　그 어디에 목숨이 숨어 있는 걸까요
　　몸부림치고 있었어요 검은 쓰레기 봉투 속에서
　　다시 태어나려고요 나는 아직 태어나지도 않았던 거예요
　　검은 쓰레기 봉투 속에서 날벌레의 애벌레들이 확 쏟아지자
　　흠칫 놀란 청소부들이 한발짝 물러나고
　　절대로 섞지 않을 꿈의 냄새가
　　밤거리를 물들였어요 내 몸 속 어디에 목숨이 숨어 있는
걸까요?
　　십만 개도 넘는 머리칼들이 콱 움켜쥔
　　검은 쓰레기 봉투 하나가 밤거리에 서 있었어요
　　　　　　　　—〈이다지도 질긴, 검은 쓰레기 봉투〉의 부분

　김혜순은 초기 시부터 일관되게 개념적 진술보다는 대상
에 관한 묘사적 관점에 치중해 왔다. 그러나 그 묘사는 객
관적 재현을 지향하는 것으로서의 묘사가 아니다. 김혜순

의 묘사는 사물의 구체성에 뿌리박고 있으면서 객관성의 신화에 포섭되지 않는 묘사다. 사물들은 현실 속에 존재하는 사물들이지만, 또한 그것은 시인의 무의식적 현실 속의 사물이며, 시인의 상상적 모험 속의 사물들이다. 그의 묘사가 때로 극단적으로 대조되는 사물들을 하나의 형상으로 결합하는 초현실주의적 풍경으로 나타나는 것은 그런 이유에서다. 시인은 풍경을 묘사하는 자가 아니라, 풍경을 해체하고 그 풍경의 바깥을 응시하는 자다. 그것은 풍경을 상투적 관념으로부터 해방시키는 전략이기도 하다. 90년대 후반에 와서 시인은 그 풍경의 바깥, 의미의 바깥을 더욱 분열적인 불협화음의 화법으로 드러내고 있다.

　비교적 최근작에 속하는 이 시에서 '내 몸—쓰레기 봉투'는 동류의 존재가 된다. 몸이 쓰레기 봉투에 지나지 않는다는 것은 생태학적 상상력과 노장적 사유에 익숙한 시인들에게 간혹 발견되는 상상이다. 하지만 김혜순의 '내 몸—쓰레기 봉투'는 몇 가지 변별되는 미학적 요소를 함유한다. 우선 그 상상력의 폭이다. 시인은 쓰레기 봉투의 이미지로부터 '양의 배'와 기차를 타고 보는 '악몽의 풍경'과 '도르르 말린 필름' 등을 끌어 온다. 이 연상은 의미론적으로 설명되는 것이 아니다. 다만 우리는 '기차'와 '필름' 사이의 이미지의 유사성, 속도와 시간의 이미지를 발견할 수 있을 뿐이다. 그것은 쓰레기 봉투가 공간성에 시간적 의미를 끼워 넣어 준다. 그러나 중요한 것은 그 쓰레기 봉투 안에 숨어 있는 '목숨'에 관한 진술일 것이다. 그 안에서 '다시 태어나려는' 시적 화자는 죽음과 악몽의 몸으로부터 생을 이끌어내는 여성적 존재이다.

김혜순의 시 속에 등장하는 기괴한 환상들은 때로 이해 받을 수 없는 것으로 치부되기도 한다. 그것은 어떤 개념적인 질서 안에서 만들어진 공간이 아니라, 여성적 무의식 안에서 길어 올려진 심리적 현실이 창조한 공간이기 때문이다. 그의 시의 주술적 어법과 여성적인 시점들은 근대적 시 문법의 '저 너머'에 있는 것들이다. 김혜순의 시 문법과 시적 응시가 근대 이전 혹은 봉건 이전의 구비적 양식들과 근친의 관계에 있는 것은 어쩌면 필연적인 것이다. 근대적인 문학 규범들이 남성 중심적인 언술이라는 것은 더 말할 필요가 없으며, 봉건시대의 '규방문학' 역시 어떤 측면에서 유교적 이데올로기의 그늘에 있는 것이라고 하겠다. 그렇다면 원시적 집단 무의식의 에너지가 고스란히 실려 있는 고대가요와 무가 등의 구비적 장르 속에서 여성적인 화법의 기원을 찾을 수 있는 것은 자연스러운 것이기도 하다. 그것이 의미의 무게에 짓눌린 문자문학 이전의 음성언어의 주술적 에너지와 만나는 지점이다. 주술적 언어의 문법이 의미론적 기호체계들과 구별되는 근거들은 그 언어가 관념의 매개 없이 사물과 밀착되어 있다는 것, 그리고 대상을 3인칭으로서가 아니라 2인칭으로 받아들이는 세계관에 근거해 있다는 것이다. 김혜순의 시적 언술이 이런 반근대적 문법과 관련되어 있다는 것은 분명하다. 김혜순 시의 우화적 상상력과 독백과 방백의 어법 등으로 표현되는 연극적인 설정, 직선적 시간구조의 교란 등, 탈중심화 탈구조화의 언술은 이러한 탈근대적 미적 인식과 관련되어

있다. 그러나 그것은 신화시대로의 복귀를 소망하는 신비
주의의 언어가 아니라 일상적 현대성과 치열하게 만나는
새로운 리얼리티의 산물이다.

　김혜순 시인에게 있어 여성으로서 시를 쓴다는 것은, 자
신의 죽음을 응시하고 그 죽음 너머를 예감하며 시를 쓴다
는 것을 의미한다. 그것은 죽음을 은폐하고 죽음을 권력화
하는 주류 문법에 대한 저항적 언술이기도 하다. 시인은
죽음을 생리적이고 물리적인 상황으로 설정하지 않고, 그
의 시의 가상의 사건이자 공간으로 설정한다. 그 죽음에
관한 일종의 상상적 놀이를 통해 그의 죽음들은 그 물리적
자명성의 무게를 덜고 불확실한 어떤 것이 된다. 죽음을
마주하는 여성성은 정치적, 생리적 의미의 여성성이 아니
라, 존재론적 의미의 열린 여성성이다. 그 여성성에 '움직
이는 부재'라는 명칭을 부여하고 싶은 것은, 그것이 어떤
죽음도 받아들이는 공간이며, 이 구체적 생활 현실 안에서
살아 있는 몸의 이름이기 때문이다. 그리고 그 몸은 죽음
을 관통하는 들끓는 몸이고, 동시에, 죽음을 통해 무수한
존재들을 낳는 몸이다. 그 몸은 도처에서 문화적 죽음이
자행되는 오늘, 더욱 참혹하고 그래서 더욱 환할 것이다.
당신은 지금, 그 몸이 자신의 텅 빈 내부를 울려 내보내는
불협화음의 사랑 노래를 듣고 있다.

구멍이 숭숭 뚫린 시 안으로 들어가기

김혜순은 이 타자와의 격의 없는 섞임이 바로 여성성 혹은
모성의 본질이라고 말한다. 타자를 배태하고 낳지만
언제나 주변에 머물러 있는 존재, 타자를 낳음으로써 끝없이 중심을
해체하는 존재인 여성의 육체성. 이 특징이 타자를 인정하고
그에게 자리를 내어주는 형태로 나타나는 것이다.

문 혜 원(문학평론가)

1. 환유적으로 글을 쓴다는 것

김혜순은 요즘 환유적 글쓰기에 집중하고 있는 것으로 보인다. 그녀는 어느 지면에서 환유적 정황을 구사하는 것과 은유적 이미지를 구사하는 차이는, 단순히 수사법상의 문제가 아니라 세계관의 문제라고 말한 바 있다. "은유적 이미지를 즐겨 구사하는 시인은 시 안에서 살아 있는 주체로서 자신을 가동시키는 시인이라 할 수 있고, 환유적 정황을 구사하는 시인은 시 안에서 시인 자신이 시적 주체가 되기를 포기한, 아니면 시적 주체의 자리를 대상에게 내어 준 시인이라 할 수 있다. 이런 시인들의 시에선 오히려 존재의 충만보다는 존재의 결여가 소리친다(김혜순, 〈여성성, 모성, 환유〉, 《문학사상》, '99년 12월호)." 야콥슨 식으로 말해서 은유가 보다 모더니즘적이고 환유가 보다 리얼리즘적이라면, 김혜순의 시는 어디에 있는 것일까? 김혜순이 환유적 글쓰기에 집중하고 있다고 해서 그녀의 시가 리얼리즘적이라고 말할 수는 물론 없다. 어떻게 보면 그녀의 시는 단 한 편도 실제적인 현실의 이야기만을 하는 경우는 없다. 그녀의 시는 리얼리즘의 환유를 넘어서 모더니즘의 은유로, 모더니즘의 은유에서 다시 넘어간 환유의 지점에 있다.

모더니즘의 엘리트주의는 시인을 현대적인 영웅으로, 시를 현대판 신화로 승격시켰다. 우월한 개인의 자의식을 강조하는 이 전통에서, 타자는 주체보다 열등한 존재로서 주체의 실존적 고민을 방해하고 주체를 끊임없이 일상화된 삶으로 끌어내리는 존재로 취급된다. 그러나 김혜순의 환유에서 주체는 타자보다 우월하지 않고 타자 또한 주체를 방해하는 존재가 아니다. 주체와 타자는 서로 어울려서 사이좋게 논다. 그녀의 시에서 독특하고 우월한 개인은 따로 있지 않다. 일상적이고 평범한 시적 주체가, 그것도 아주 구석진 한 귀퉁이에 저만치 물러나 있을 뿐이다.

한편 리얼리즘 시에서 주체와 타자는 친화적이긴 하지만, 엄격하게 구분되어 있는 상태에서 화해를 모색한다. 그러나 김혜순의 시에서 '나'는 곧 '너'이고 '너'는 곧 '나'이다. 각각의 타자들은 어느 것이 중심에 있지 않고 똑같이 뒤섞여 있다. 아예 시적 주체 그 자체가 '나들'이라는 복수형으로 이루어져 있다. 김혜순의 표현을 빌리자면, 그 모든 주체들이 공평하게 권력을 나누어 가지고 있는 것이다. 이런 특징이 그녀의 환유적 글쓰기와 리얼리즘의 환유를 구별하게 하고, 은유와도 거리를 두게 한다. 군이 지칭

하자면 포스트모더니즘적이라고 해야 할까. 그녀의 시에서 일상과 비일상은 따로 있지 않고, 현실과 가상 또한 따로 있지 않다.

불이 꺼져가는 영혼처럼 헐떡인다. 불이 많이 아픈가 보다. 자동차에 치인 강아지처럼 끼끼거리는 불이 나를 바라본다. 네 몸 속에 넣어줘라고 불이 애원하는 것 같다. 불의 눈알이 빨개진다. 네가 생각을 해보기도 전에 불이 냴름 나를 먹어버린다. 갑자기 영화 속에서처럼 불붙은 전동차가 내 머릿속을 지나간다. 전동차에서 기적이 울린다. 몸 속의 선로가 덜컹거린다. 머릿속의 나는 불붙은 이 전동차를 타고 가는 유일한 승객이다. 불이 나의 등을 타고 가다 멈춘다. 멈춘 불이 단단하게 뭉친다. 여기가 아주 단단하게 근육이 뭉쳐 있습니다 라고 물리 치료사가 내 등을 꾹꾹 누른다. 환한 전동차는 다시 나의 뇌를 가로지르면서 엄청난 전기를 줄줄 흘리고 간다. (중략―인용자) 전동차가 한강을 가로지르기 시작하자 마침내 죽음이 불을 껴안기 시작한다. 그러자 나는 아쿠아 피티, 수압맛사지기 속으로 들어간다. 맥박이 빨라졌다 느려졌다 한다. 얼굴이 붉어졌다 희어졌다 한다. 다음 역은 동작, 동작 역입니다. 내리실 문은 오른쪽입니다. 검은 쟁반 위에 검붉은 양털 구름을 띄워 들고 한강이 들어온다. 어두운 한강이 불을 냴름 먹어버린다. 나는 유리 상자 속에서 축 늘어진다. 동짓날 오후 여섯 시 전동차는 강물 위에 움직이는 조등을 걸었다가 재빨리 거둬들인다. 타 타 타 타 지하철 칸칸에 매달린 조등들이 한강 아래

로 곤두박질친다. 오후 여섯 시 환한 전동차가 서울의 땅
속을 질주하며 모든 역을 불태워 버린다. 육중한 콘크리트
종유석들이 퉁퉁 불은 유방처럼 젖을 흘리고 선 것이 보인
다. 젖꼭지가 쇳물을 줄줄 흘린다, 빛을 받은 영화 필름처
럼 환한 전동차는 가끔 불꽃으로 된 비를 흩뿌리기도 한다.
나의 뇌가 칙 소리를 내며 꺼진다. 내 근육이 이완을 시작
한다. 나는 이제 더 이상 너의 거처가 아니다. 전동차의 유
일한 승객인 내가 혼자 헐떡거린다. 오후 여섯 시, 불의 마
지막 애원하는 소리가 미세 전류를 이용한 맛사지 의자 위
에 아직도 조금 남아 있다. 수압맛사지기가 타임아웃 된다.

—〈수압맛사지기〉

　현실의 나는 지금 아쿠아 피티, 수압맛사지기 속에서 맛
사지를 받는 중이다. '꺼져가는 영혼처럼 헐떡이는' 불은
맛사지 손님을 기다리는 동안의 기계의 상태—대기중이라
든가 예열중이라든가—를 나타내고, 불이 나를 냴름 먹어
버리는 것은 맛사지가 시작되었음을 뜻한다. 맛사지를 받
는 동안 나의 온몸은 전동차가 지나가는 길이 된다. 미세
한 전류가 나의 몸을 지나가며 맛사지를 하고 있기 때문이
다. 머리끝부터 발끝까지 근육이 뭉친 곳을 푸는 물리치료
가 끝나고, 기계에 불이 꺼진다('죽음이 불을 꺼안' 는 것이
다). 수압맛사지가 시작되고 맛사지를 받는 동안, 나의 머
릿속은 온통 아까 보았던 불의 잔상으로 환하고, 이번에는
전동차가 한강을 지나친다. 퉁퉁 불은 유방 같은 물의 압
력이 나의 온몸을 타, 타, 타, 타 두드리고 이따금씩 물줄

기가 뿜어 나오기도 한다. 그 와중에 불이 보였다 안 보이기도 하고 몇 개로 겹치기도 한다. 맛사지가 끝나는 오후 여섯 시, 잔뜩 뭉쳐 있던 근육은 이완되고 기계는 작동을 멈춘다. 머릿속을 달리던 전동차도 멈춘다. 수압맛사지기가 타임아웃 된다.

전동차에 관련된 진술은 모두 '나'의 생각이다. 맛사지 기계가 나의 몸을 움직여 가는 동안 나는 전동차의 움직임을 상상하고 있다. 이러한 상상은 전기를 이용한 맛사지라는 데서 비롯된 것이다. 전류의 흐름을 매개로, 김혜순은 맛사지를 받는 나와 전동차를 나란히 놓고 있다. 수압맛사지를 받을 때쯤 전동차는 한강을 지난다. 온몸을 두드리는 물줄기가 지상에 있는 전철역을 지나칠 때 보았던 한강물을 연상시키는 것이다. 물줄기가 뿜어져 나오고 몸을 두드리고, 맛사지가 끝나면 전동차도 멎는다. 나의 상상의 끝이다. 그러나 나와 전동차 사이에는 치환할 수 있는 어떠한 공통점도 없다. 다만 전류가 흘러간다는 사실뿐이다. 맛사지의 진행 과정과 전동차의 움직임은 나란히 혹은 엇갈리며 동일한 비중으로 그려져 있다. 현실과 비현실이 나란히 있다.

2. 몸, 경계를 넘어가는 열린 구멍

이처럼 현실에서 비현실로 넘어가는 그녀 시의 통로에는 반드시 육체적인 감각 기관들이 개입한다. 보거나 듣거나 만지거나. 이 감각기관들은 실재하는 현실의 것만을 감지하는 것이 아니라, 수시로 현실의 감각세계 너머를 감각한다. 그녀의 눈과 귀는 이 세상을 넘어선 다른 세계를 보고 듣는다. ("잠들면 주머니에서 꺼내놓는 두 알의 수정 구슬/세상에서 제일 두꺼운 주머니!/세상에서 제일 큰 극장을/담아들고도 태풍의 눈처럼/저 혼자 고요히 셔터를 내리고 있네/주름 잡힌 거울을 열고 들어가면, 거기/태양도 안 뜨는 내 검은 눈동자 속의 길/너무 어두워 나는 오히려 다 본다네/너 멀어져간 세월 저 너머까지 다 본다네" —〈검은 눈동자〉)

누가 멀리서 북을 치고 있나?
나는 자전거를 타고 그 북소리를 찾아간다
내가 속력을 내면 낼수록
몸이 태아처럼 구부러진다
태아는 귀 모양으로 생겼다
북소리가 점점 크게 들린다
이번엔 내 몸 전체가 귀다
나는 자전거를 탄 채 계단을 내려간다
계단을 다 내려가면 그림자의 나라로 들어서는 입구가
나온다
나는 귀처럼 웅크린 몸에 탯줄처럼
늘어진 이어폰을 꽂고 전속력으로
그 나라로 들어간다
하루 종일 쓰고 다니던 가면이 내 얼굴 속으로 들어오고
오도가도 못하던 별들이 꺼지며 운다
그 나라의 중앙 광장엔 달아오른 북이 스무 개 서른 개
곧 만날 네가 그렇게 많은 내 심장을

북채로 탕탕 치며 맴돌고 있다, 돌 아 보 지 마 !

—〈귀〉의 전문

　멀리서 북을 치는 소리가 들리는 것 같다. 자꾸만 나를 부르는 듯한 그 소리에 귀가 솔깃한 나는 자전거를 타고 그곳을 향해 달려간다. 속력을 내면 낼수록 나는 바람의 저항을 줄이기 위해 몸을 최대한 구부려서, 전력 질주할 때는 마치 웅크린 태아처럼 완전히 몸을 둥글게 말고 있다. 양수 속에 있는 태아는 마치 귀 같은 모양을 하고 있다. 그러므로 웅크린 나의 몸은 태아를 거쳐 귀가 된다. 귀는 어디선가 들려오는 북소리를 듣는 신체의 일부 기관이다가 몸 전체가 되는 것이다.

　웅크린 모양에서 비롯된 이러한 전이는 내용상으로도 타당성이 있다. 나는 어디선가 들려오는 북소리에 잠시 마음을 빼앗겼다가 점점 그 소리에 집중하게 된다. 온통 그 소리에만 신경을 쓰다 보니, 몸의 다른 감각 기관들은 잠시 무력해져서 아무것도 들리지도 보이지도 않는다. 마치 몸의 전체가 귀인 것처럼, 쫑긋 귀를 세우고 그 소리에 몰두하는 상황을 표현한 것이다. 이런 나의 심리적인 상황이 '온몸이 귀'라는 것으로 육체화되어 있는 것이다. 또, '귀처럼 웅크린 몸에 탯줄처럼 늘어진 이어폰을 꽂고 전속력으로 그 나라로 들어간다'에서, 나의 몸과 태아와 귀는 한꺼번에 만난다. 실재의 몸은 귀같이 웅크리고, 그 귀에다 태아의 탯줄처럼 늘어진 이어폰을 꽂고 북소리를 향해 달려간다. 실재하는 것과 실재하지 않는 것들이 하나로 겹쳐지고, 다시 전력으로 질주한다. 그처럼 전력으로 질주하여 들어간 그림자의 나라는 결국 나의 몸 안이다. 소리를 따라 몸 안으로 들어간 나는 스무 개, 서른 개로 달아오르는 북, '그렇게 많은 내 심장'을 본다. 결국 북소리는 내 몸 안에서 울려나오는 내 심장의 박동소리인 것이다. 순간, 어디선가 들려오는 것 같은 비현실적인 북소리는 가장 현실적인 몸의 심장의 소리로 구체화된다.

그러고 보면 이 시는 나의 안에서 들려오는 심장박동 소리를 따라 나의 안으로 들어갔다는 이야기이고, 따라서 자전거를 타고 소리를 따라 계단을 내려갔다는 것은 내면의 소리에 귀를 기울임을 달리 표현한 것이다. 이것을 한 번 더 추상화시키면 내 안에서 발생하는 내면의 소리(욕망이나 충동 등)의 근원을 추적해 들어갔다고 해석할 수도 있을 것이다. 이렇게 되면 북소리는 심장의 박동소리로 구체화되는 반면, 자전거를 타고 달리는 행위가 이번에는 비현실의 세계로 옮겨 앉는다.

그가 핀셋으로 눈물 한 방울을 집어 올린다. 내 방이 들려 올라간다. 물론 내 얼굴도 들려 올라간다. 가만히 무릎을 세우고 앉아 있으면 귓구멍 속으로 물이 한참 흘러들던 방을 그가 양손으로 들고 있는 것 같은 착각이 든다. 그가 방을 대물 렌즈 위에 올려놓는다. 내 방보다 큰 눈이 나를 내려다본다. 대안 렌즈로 보면 만화경 속 같을까. (중략─ 인용자) 그가 잠수부처럼 눈물 한 방울 속을 헤집는다. 마개가 빠진 것처럼 머릿속에서 소용돌이가 일어난다. 한밤중

일어나 앉아 내가 불러낸 그가 나를 마구 휘젓는다. 물로
지은 방이 드디어 참지 못하고 터진다. 눈물 한 방울 얼굴
을 타고 내려가 번진다. 내 어깨를 흔드는 파도가 이 어둔
방을 거진 다 갉아먹는다. 저 멀리 먼동이 터오는 창 밖에
점처럼 작은 사람이 개를 끌고 지나간다.

　　　　　　　　　　　　　　　　　—〈눈물 한 방울〉의 부분

　나의 몸에 달려 있는 눈 역시 귀와 똑같은 역할을 하고
있다. 이 시에서 나는 한밤중에 일어나 앉아 그를 생각한다
(그가 생각의 대상이 아니라고 해도 상관없다). 눈에 눈물이
고인다. 고개를 들면 눈물도 따라 올라가고, 눈물 한 방울
이 점점 커지면서 보이는 사물들은 점점 확대된다. 그 눈을
통해 나는 나의 눈물 방울을 혹은 나 전체를 망원경에 놓고
보고 있는 그를 상상한다. 눈물 방울 속에는 하늘과 태양도
있고 떼지어 숨겨 놓은 알들과 해초들, 플랑크톤들도 가득
고여 있다. 그러다가 눈물이 눈을 가득 메우면 눈물은 눈
안을 돌아다니다가, 드디어 떨어진다('물로 지은 방이 드디
어 참지 못하고 터진다'). 애써 참았던 눈물이 한 방울 떨어
지는 순간('눈물 한 방울 얼굴을 타고 내려가 번진다'), 나는
그만 왁 하고 울어 버린다. 울다가 먼동이 튼다('내 어깨를
흔드는 파도가 이 어둔 방을 거진 다 갉아먹는다'). 눈물 한
방울은 온몸이 들썩이는 흐느낌을 불러오고, 그렇게 눈은
몸 전체를 좌우한다. 〈귀〉에서 귀가 신체의 일부분이다가
몸 전체가 되는 것과 동일한 과정이다.
　이때 신체의 일부 기관인 눈과 귀는 자신에게 주어진 보

고 듣는 임무를 충실히 하다가, 몸 전체로 확대되면서 현실적인 경계를 넘어선다. 소리를 따라 심장에 이르기도 하고, 눈물 한 방울 속에서 다른 세상이 구체적으로 펼쳐지기도 한다. 그녀의 시에서 몸은 가장 현실적이지만 가장 비현실적인 공간으로 열려 있는, 말 그대로 '구멍이 숭숭 뚫린'(김혜순, 〈있는가 하면 없고, 없는가 하면 있는〉, 《21세기 문학이란 무엇인가》, 1999) 육체이다. 눈과 귀는 그 육체가 현실 너머의 것들로 통하는 열린 구멍인 것이다. 그녀 시의 모든 환상은 이렇게 몸에서 피어난다. 그러므로 그것은 관념적이지 않고 철저하게 육체적인 특성을 가지고 있다. 그녀의 시가 환상적이면서 동시에 현실적인 것은 이 때문이다.

그녀의 시에서 외부의 모든 것은 몸 안으로 길을 내고 있다("모든 외부를 몸 속에 품은 내가"—〈연옥〉, "몸 속에 난 어둠의 길"—〈쿠스코에서의 사진 한 장〉). 그렇다면 결국 몸은 다시 우월하고 전능한 개인으로 회귀하는가? 그렇지 않다. 그녀의 시에서 몸은 안과 밖이 따로 있지 않다. 그녀의 몸 속으로 난 길을 따라가는 것은 결국 그녀의 몸 밖의 것들과 만나는 것이며, 몸 밖의 것들을 감각하는 것은 결국 몸 안으로 들어오는 계기가 된다. 안과 밖이 없는, 고정되지 않은, 다만 통로만이 있는 그것이 몸인 것이다.

3. 타자와 행복하게 놀기

그러면 그 몸을 가지고 있는 주체, 시 안에서 우위를 점하고 있는 시적 주체 혹은 시인은 어떨까? 에밀 슈타이거는 서정적 양식의 특징으로 정조의 통일성을 꼽고 있다. 외부세계에 대해 반응하는 시인은 그 자체가 통합되고 일관된 주체이다. 이 주체의 동일성이 서정시의 정서적 통일성을 유발한다. 그러나 김혜순의 시의 주체는 수시로 바뀌고, 겹치고 다시 헤어진다. 극적인 구조를 가지고 있는 그녀의 시는 서로 다른 이야기가 얽혀 하나를 만들고 있으며, 각각의 부분은 서로 다른 주체를 가지고 있다.

『연애소설을 읽는 노인』을 내가 또 읽는다
109페이지와 111페이지 사이를 읽는다
책 속의 원주민 노인은 아마존 밀림 입구에 쳐놓은 해먹
에 누워
책 속의 베네치아와 곤돌라 위의 연인들을 상상한다
그 사이 나는 부안에 다녀온다 솟대 당산들을 보고 온다
부안 땅은 떠나가는 배처럼 생겼다고 한다 옛사람들은
책을 읽듯 땅을 읽고 다녔나보다 배에는 당연히 닻이 있고
돛대가 있어야겠기에 사람들은 그 배 위에다
솟대를 세우고 닻을 내렸다
책 속의 노인이 곤돌라, 곤돌라 아직도
도시에 떠다니는 배를 상상하지 못해 몸을 비비
꼬고 있는 사이 밀림 속에선 밀렵꾼의 총에 남편을
잃은 암살쾡이가 사람들을 물어 죽이기 시작한다

페이지를 넘어 다시 노인이 고통스런 키스란 문장에 걸려
어쩌면 입맞춤이 고통스러울 수 있단 말인가 하고

애 낳다 죽은 원주민 아내의 입술을 더듬는 사이
노인이 연애소설을 읽고 세풀베다는 노인을 읽고 나는
세풀베다를 읽고 안 보이는 너는 나를 읽는 사이
나는 또 부스럼투성이의 석장승을 더듬어본다
돌눈을 부릅뜨고 모가지 사라진 아내를 내려다보는 남
편 장승
산을 깎아 바다를 메운 간척지 아래서 바다는 윙윙 숨막
혀 울고
밀려 들어오는 흙에 파묻혀 슬레이트 지붕 위로 고개만
내놓은 돛대
출항할 바다를 잃은 그 돛대가 덩달아 울고
책갈피 속에선 암살쾡이가 아직도 눈 벌판을 핏발 세운
채 맴돈다
노인이 고통과 키스를 섞어보다 말고
책 밖으로 나아가 남편 잃은 암살쾡이를 찾아 밀림을 떠
도는 사이
나는 아무 정거장도 거치지 않고 서울로 돌아와
네 겹의 텍스트를 떠돈다
　　　　　　　　　—〈네 겹의 텍스트 안으로 들어가기〉의 전문

이 시에서 '나'는 세풀베다가 지은 《연애소설을 읽는 노
인》이라는 책을 읽으며 부안땅을 돌아다니고 있다. 그 책
속에 등장하는 아마존 지역의 원주민 노인은 연애소설을
읽고 있고, 연애소설에는 수상도시인 베네치아와 그곳의
교통 수단인 곤돌라가 나온다. 아마도 연인들은 곤돌라 위

에서 고통스런 키스를 나눈 모양이다. 그러나 노인은 밀림 지역에 살기 때문에 도시에 떠다니는 배를 이해할 수 없고, 본성 그대로 사는 원주민이기 때문에 백인들의 고통스런 키스를 이해할 수 없다. '나'는 그런 노인의 이야기가 나오는 109페이지에서 111페이지 사이를 읽으며 부안의 곳곳을 돌아다닌다.

제목처럼 이 시에서 네 겹을 찾는다면, ①노인이 곤돌라를 타고 다니는 베네치아 연인들의 이야기를 읽고 있다. ②그 노인을 소재로 글을 쓴 것은 세풀베다라는 작가이다. 그러므로 세풀베다는 노인을 읽는다. ③나는 그 세풀베다의 소설을 읽고 있으므로, 결국 나는 세풀베다를 읽는 셈이다. ④그리고 누군가 세풀베다의 책을 읽는 '나'를 지켜본다(그것은 세풀베다의 책을 소재로 쓴 이 시를 독자가 읽는다는 것으로 해석해도 무방하다). 즉 노인, 세풀베다, 나, 너가 있는 각각의 겹인 것이다. 표면적인 겹은 그렇다. 그러나, 노인이 읽는 책 속의 연인들이 곤돌라를 타고 수상 도시인 베네치아를 떠다니는 것처럼, 나는 떠나가는 배처럼 생긴 부안땅을 돌아다닌다. 원주민 노인이 이해할 수 없는 곤돌라가 무엇인지를 나는 안다. 내가 존재하는 텍스트 내의 경험으로 두 겹 안쪽의 텍스트를 이해하는 것이다. 또한 노인이 고통스런 키스를 이해하지 못해 죽은 아내의 입술을 더듬는 것처럼, 나는 모가지가 떨어져 나간 아내 석장승을 더듬어 본다. 나와 노인의 정황적 유사성으로 해서, 나는 단숨에 텍스트의 겹을 뛰어넘어 맨 안쪽의 텍스트 안으로 침투해 들어간다. 노인은 읽던 책을 덮고 암살쾡이를 잡으러 나가고 나는 서울로 돌아온다. 둘 다 자신의 일상으로 돌아가는 것은 마찬가지이지만, 책 속의 인물인 노인은 책 안으로 돌아가고 나는 책 바깥의 일상으로 나온다. 노인과 나는 서로 다른 겹의 텍스트로 돌아가는 것이다. 각각의 텍스트는 이처럼 서로 얽혔다가 다시 제자리로 돌아간다.

각각의 텍스트 안에서 시적인 주체는 모두 다르다. 노인은 노인대로, 세풀베다는 세풀베다대로, '나'는 나대로 그리고 그런 '나'의 시를 통해 그 겹을 바라보는 '너'는 너대로, 각각은 각각의 텍스트 안에서 주체가 된다. 어느 것이 이 시의 중심적인 주체인지는 말할 수 없다. 서로 다른 텍스트들은 수시로 침투하고 있고, 앞으로도 계속 침투당하고 섞일 것이기 때문에, 주체는 수없이 늘어날 수도 있다. 예컨대 시를 읽는 '너'를 바라보는 또 다른 '너'가 있고, 그 또 다른 '너'를 바라보는 제3의 '너'가 계속 생겨날 수 있기 때문이다. 그러므로 이 시는 열려 있다. 새로운 주체가 침투할 때마다 시의 영역은 무한대로 확장된다. '나'라는 시적 주체는 그 많은 주체들 중의 하나일 뿐이다.

중요한 것은 이처럼 서로 다른 주체가 섞이고 겹을 이루는 것이, 시의 구조를 정밀하게 하거나 시의 품을 풍성하게 하는 내부적인 효과 이상의 의미를 갖는다는 점이다. 그것은 타자에게 자리를 내어주고 타자를 자신과 동등한 주체로 인정하는 것이며 나아가 타자를 사랑하는 것이다. 김혜순은 이 타자와의 격의 없는 섞임이 바로 여성성 혹은 모성의 본질이라고 말한다. 타자를 배태하고 낳지만 언제나 주변에 머물러 있는 존재, 타자를 낳음으로써 끝없이 중심을 해체하는 존재인 여성의 육체성. 이 특징이 타자를 인정하고 그에게 자리를 내어주는 형태로 나타나는 것이다. 진정한 모성은 어머니다운 덕성을 강조하는 것이 아니라, 자식에게 자신이 가지고 있는 것을 떼어 주고 그대로 바라보는 것이다. 자식을 사랑한다고 말하며 아이를 힘으로 빼앗으려는 가짜 어머니가 아니라, 옥신각신하는 와중에 혹시나 아이가 다칠까 봐 손을 놓고 물러서는 친어머니라고나 할까. 그녀가 초점을 맞추고 있는 것은 '대상, 또는 타자를 시 안에서 어떻게 대접하느냐, 그 타자들과 어떻게 노느냐' 하는 것이다.

그러기 위해서 그녀는 우선 자신이 수많은 '나들'로 이루어졌다는 데서 출발한다. '나'는 쉰 살의 나와 기저귀 찬 나, 여중생 나, 열 살의 나이면서 동시에 예순 살의 나이기도 하다. 그런가 하면 또 '나'는 할머니이기도 하고 어머니이기도 하다(《내가 모든 등장인물인 그런 소설 1》). '나'는 이렇게 수많은 '나들'의 총체이며 집합이다. 이같은 생각은 이성적이고 통일된 개인을 전제하는 이성중심주의적인 사고와 정면으로 배치된다. 각각의 '나들'은 통일된 주체가 분열을 일으켜 만들어지는 것이 아니라, 처음부터 복합적이고 겹으로 이루어진 '나'의 특징을 보여 주는 것이다. 그러므로 그것은 이성중심주의의 우월한 개인에 미달하는 존재가 아니라, 훨씬 다양하고 복합적이며, 그런가 하면 융통성 있고 부드러운, 자유로운 존재 형태인 것이다. '나'는 그리고 나의 시는 '나들'과 타자가 한데 섞이어 노는 자유로운 놀이 공간이다. 김혜순의 환유적 글쓰기는 그렇게 밖을 향해 활짝 열려 있다. 그 안에 들어가 노는 것은 이제 독자의 몫이다.

제15회 소월시문학상 수상작품집

초판 1쇄—2000년 6월 5일
초판 4쇄—2010년 8월 31일

지은이 — 김혜순 외
펴낸이 — 임대현
펴낸곳 — (주)문학사상
주　소 — 서울특별시 송파구 오금동 91번지(138−858)
등　록 — 1973년 3월 21일 제 1−137호

편집부 — 3401−8543~4
영업부 — 3401−8540~2
팩시밀리 — 3401−8741
홈페이지 — www.munsa.co.kr
한글도메인 — 문학사상
E · 메일 — munsa@munsa.co.kr
지로계좌 — 3006111

잘못 만들어진 책은 구입하신 서점에서 바꾸어 드립니다.

값은 표지 뒷면에 표시되어 있습니다.

ISBN 978−89−7012−357−8 03810

세계적인작가 무라카미 하루키 대표작선

장편소설

어둠의 저편 임홍빈 옮김
백설공주 같은 미모의 언니와, 지적이지만 양치기 소녀 같은 외모의 건실한 동생을 중심으로, 인간과 사회의 축도같이 펼쳐지는 하룻밤의 이야기!

해변의 카프카 상·하 김춘미 옮김
하루키 자신이 지닌 전 문학적 역량을 남김없이 발휘한 불후의 명작! 작가 자신의 이야기인 동시에 우리 모두의 이야기.

태엽 감는 새 1~4 윤성원 옮김
해체되어 가는 현대 사회에서 인간 존재의 근원과 사랑, 그리고 성(性)의 궁극적 의미를 우화적 필치로 탐色한다.

국경의 남쪽, 태양의 서쪽 임홍빈 옮김
하루키의 '연애-실연' 시리즈의 완결편. '과거라는 늪'에서 구원을 찾는 길을 확연히 제시한 기념비적 소설.

댄스 댄스 댄스 상·하 유유정 옮김
자본주의 사회의 사랑과 섹스의 '있는 실체'와 '있어야 할 모습'. 모든 '상실의 시대'를 넘어 현실로 가는 재생의 길을 찾는다!

상실의 시대 유유정 옮김
조용하지만 격렬한 포옹, 그 포옹 끝의 밀물 같은 슬픔……
사람이 사람을 사랑한다는 것은 무엇인가. 그 해답을 찾기 위해 우리는 방황한다.

세계의 끝과 하드보일드 원더랜드 1·2 김진욱 옮김
상실의 시대를 넘어 허무와 부조리에 싸인 '나의 존재란 무엇인가를 추구한 기념비적 소설.

양을 쫓는 모험 상·하 신태영 옮김
하루키가 자신의 젊은 시절을 지배하던 관념의 세계와 결별하고 새롭게 태어남을 다짐한 작품!

1973년의 핀볼 윤성원 옮김
젊은 날 상실의 아픔 속에서 빠져들었던 핀볼게임. 하루키의 젊은 시절을 떠올릴 수 있는 그의 자전적 소설!

바람의 노래를 들어라 윤성원 옮김
무라카미 하루키의 처녀작이자 자전적 소설 4부작 중 최초의 작품!

단편소설집

도쿄 기담집
임홍빈 옮김
불가사의한, 기묘한, 있을 것 같지 않은 이야기. 그러나 내게 일어날지도 모르는 이야기.

렉싱턴의 유령
임홍빈 옮김
이색적 소재와 매혹적 표현으로 완성한 하루키 단편문학의 에센스.

신의 아이들은 모두 춤춘다
김유곤 옮김
고베 대지진과 옴진리교 사건을 3인칭 시각으로 다룬 하루키 최초의 연작 소설집.

지금은 없는 공주를 위하여
유유정 옮김
하루키 문학의 고향이요, 출발점이 되기도 하는 단편 모음집.

중국행 슬로 보트
김춘미 옮김
하루키의 전 작품을 관통하는 테마와 주제의식이 담긴 소설집.

밤의 거미원숭이
김춘미 옮김

36편의 경쾌한 글과 원색의 그림이 어우러진, 하루키의 상상력이 돋보이는 작품.

무라카미 하루키 단편 걸작선
유유정 옮김

선명한 이미지, 경쾌한 리듬의
하루키 단편소설 모음집.

에 세 이

雨天炎天 [우천염천]
임홍빈 옮김

하루키가 그려낸 '성聖'과 '속俗'의,
그리스·터키 여행 에세이!

비밀의 숲
임홍빈 옮김

평범한 일상을 즐겁고 재미있게
바꾸는 하루키식 세상 읽기 & 사람 보기.

재즈의 초상
윤성원 옮김

재즈 마니아 하루키&마코토가
각기 글과 그림으로 들려주는
매혹적인 재즈의 세계.

의미가 없다면 스윙은 없다
윤성원 옮김

슈베르트에서 비치 보이스까지
동서고금, 장르를 넘나드는
하루키의 음악 에세이.

먼 북소리
윤성원 옮김

하루키가 자신의 인생과 문학에
대해 솔직하게 고백한 삶의 기록.

그러나 즐겁게 살고 싶다
김진욱 옮김

생활 주변에 대한 소박하고 경쾌한 유머
와 삶에 대한 이야기들.

슬픈 외국어
김진욱 옮김

고달픈 외국 생활과 이방인의 체험을
토대로 한 하루키 에세이.

작지만 확실한 행복
김진욱 옮김

하루키 문학과 그 인간미를 엿볼 수
있는, 그림이 있는 에세이.

하루키, 하야오를 만나러 가다
고은진 옮김

일본의 철학과 예술 세계를 대표하는
두 지성, 가와이 하야오와 무라카미
하루키의 심오하면서도 즐거운 대화!

스크랩
윤성원 옮김

무라카미 하루키의 유머 넘치는
세상읽기와 솔직한 프라이버시 공개.

하루키 일상의 여백
김진욱 옮김

일상에 대한 매혹, 하루키만의 상큼한
아포리즘을 찾아서…….

무라카미 하루키의
위스키 성지 여행   이윤정 옮김

위스키 성지의 그 맛과 아름다운 풍토에
대한 감동의 에세이.

하루키의 여행법
김진욱 옮김

하루키가 말하는 하루키적 여행법&하루
키 읽기의 새로운 감동.